Informo i cari lettori che hanno tratto e trarranno beneficio da questo libro, della mia disponibilità a fare da guida per imparare a ricevere messaggi dagli Esseri di Luce, tramite il mio sito web ed i corsi che tengo qui a Gran Canaria, luogo che rappresenta il quinto chakra.

Katrien S. C.

www.healing-grancanaria.com
Seconda edizione riveduta e corretta - Agosto 2019

Copyright ©2019 by Katrien S. Cloet

In copertina:
Foto dell'autrice

ISBN 978-84-09-13381-9

Katrien S. Cloet

COME USCIRE DALLA SPIRALE DEL BUIO
E
TORNARE ALLA LUCE ORIGINARIA

L'intento dell'autrice è quello di offrire informazioni di natura generale per aiutare il lettore nella sua ricerca del benessere fisico, emotivo e spirituale, per raggiungere efficienza e felicità, nonché il riequilibrio energetico - spirituale rivolto a persone maggiorenni e psichicamente sane, impegnate a riflettere con responsabilità e discernimento.

Avvertenza : il contenuto di questo libro ha valore informativo e non terapeutico, non contiene consigli medici, né prescrive l'uso di alcuna tecnica come forma di trattamento per problemi fisici e medici senza la prescrizione di un medico, direttamente o indirettamente. Ognuno è tenuto ad assumere tutte le informazioni necessarie, confrontando rischi e benefici dell'informazione data. Ognuno è tenuto a valutare con buon senso e saggezza il percorso curativo. Per cui si consiglia di rivolgersi al medico curante, per qualsiasi cosa. L'autrice non interviene nell'argomento delle cure personali / mediche.

INTRODUZIONE

Ho scritto questo libro avendo nel cuore la speranza di poter giungere a più persone possibili ed essere di aiuto per uscire dalla spirale del buio e tornare alla Luce originaria, per affrontare situazioni apparentemente complicate, con l'aiuto degli *Esseri di Luce,* e affrontare così al meglio la vita nell'evoluzione spirituale.

Angeli, Arcangeli, Guide Spirituali e *Maestri Ascesi* sono tutti *"Esseri di Luce"* e si differenziano per il tipo di vibrazioni, che sono diverse, nei vari livelli di coscenza. Le vibrazioni in cui vivono le *Guide Spirituali,* sono quelle più vicine a noi, poiché essi hanno vissuto sulla Terra come esseri umani; alcuni resteranno con noi per tutta la vita, altri ci resteranno solo il tempo necessario per aiutarci. Il numero delle *Guide Spirituali* che una persona può avere con sé varierà a seconda del percorso di vita che intraprenderà. Invece gli *Angeli* non si sono mai incarnati, esistono in un Universo di Luce parallelo. Essi hanno una vibrazione un pò più alta rispetto alle *Guide Spirituali.*

Gli *Esseri di Luce* ci conoscono da prima che nascessimo. Essi sono accanto noi per aiutarci, inviarci messaggi d'amore e proteggerci.

Desiderano avere una relazione con noi ed essere partecipi della nostra vita.

Maestri Ascesi e *Arcangeli* sono gruppi onnipresenti: questo significa che possono aiutare contemporaneamente più persone, e*ssi* hanno una vibrazione talmente elevata che il semplice pensare a uno di loro può portare conforto e potenziare la nostra stessa vibrazione.

Se state attraversando un momento particolarmente difficile, o se desiderate ricevere aiuto riguardo a qualcosa di specifico, chiedete di entrare in contatto con gli *Esseri di Luce*; ciò può darvi aiuto nello specifico. Sarete guidati verso un particolare Angelo, Arcangelo, *Maestro Asceso* o *Guida Spirituale* che possiede quella determinata capacità e che potrà consigliarvi, aiutarvi e indicarvi il cammino.

Non siamo mai soli!

Non è stata, non è e non sarà mia intenzione offendere alcuna fede o religione, essendo io stessa credente e fedele al messaggio Cristico, che è *"Amore"*: nel messaggio di ogni fede e religione c'è *"Amore"*.

Racconto, semplicemente, le mie esperienze personali e cosa ho imparato nel corso della mia vita, per il desiderio di portare speranza e motivazione nell'esistenza del maggior numero di persone possibile, cercando di accendere una luce dentro ognuno di noi.

CAPITOLO I

LA PRIMA ESPERIENZA

Sono nata nel 1960, nella provincia di West-Vlaanderen, in Belgio, da una famiglia *"normale"* e secondogenita di tre figli.

Per 30 anni ho vissuto in Italia, dal 1987 al 2017, poi mi sono trasferita all'estero.

Sono stata una bambina molto sensibile e timida, a cui piaceva stare da sola. Crescendo, ho mantenuto quella sensibilità.

Ricordo ancora distintamente che, mentre frequentavo la prima elementare, ero certa che la mia anima si fosse staccata da terra (che meravigliosa sensazione per una bambina!).

Quel pomeriggio, a casa dei miei genitori, misi un piede sulla traversa laterale di una sedia e l'altro sulla traversa opposta, per poi staccare i piedi e volare.

Effettivamente, ad un certo punto, mi ritrovai più in alto rispetto alla sedia, verso il soffitto: ero, davvero, convintissima di poter volare.

Tuttavia, la voce di mio padre, che mi chiamava e mi chiedeva cosa stessi facendo, mi spaventò, così ritornai padrona di me stessa e del mio corpo.

Si tratta dell'unica esperienza, di questo genere, di cui ho memoria riguardo al periodo della mia infanzia. Solo a 50 anni, ho avuto consapevolezza di essere uscita dal mio corpo.

Per il resto, gli anni della mia gioventù sono stati come per tanti di noi ragazzi, con alti e bassi.

All'età di 18 anni, comprai e lessi *"La vita oltre la vita"*, del Dr. Raymond A. Moody, libro che trattava di esperienze pre-morte.
Questo libro mi è sempre rimasto impresso: negli anni successivi, spesso mi è tornato alla mente e posso dire che ha avuto grande influenza su di me.
Nel 1986, mi sono sposata e trasferita in Italia. Fin dal mio arrivo, le cose non andarono bene e il mio tenore di vita cambiò drasticamente.
Dalla vita benestante che conducevo in Belgio mi trovai a vivere in povertà: durante il primo anno di matrimonio, nonostante fossi incinta del mio primo figlio, mangiavo pane duro e bevevo acqua dal rubinetto, non potendo permettermi altro. Venivo da una vita piena e ricca di relazioni sociali ritrovandomi poi in una condizione di isolamento e di indigenza.

Tuttavia, presto, la mia convinzione di rimanere in Italia si rafforzò e venne meno il desiderio di ritornare a vivere in Belgio, soprattutto per il clima.

Negli anni successivi, sono diventata madre di quattro figli e, dalla vita, ho ricevuto molte lezioni: ho conosciuto la povertà, la violenza fisica e psicologica, il bullismo, sono stata vittima di truffa, di stalking e di altre brutture.

Tuttavia, ripensando ora a quegli anni, riconosco che, solo toccando il fondo, ho cominciato a pormi delle domande.

"Perché… perché? Cosa faccio di sbagliato? Perché tutte le cose mi vanno storte anche se faccio di tutto perché vadano bene e perché succede questo riguardo a tanti aspetti della mia vita? Perché sono vittima di tanta ingiustizia e di tanti inganni?" Questo mi chiedevo, continuamente. Ho visto, veramente, il buio.

Dopo tanti anni di pazienza e di preghiere, con la speranza di riuscire a salvare il mio matrimonio, vedevo che, un anno dopo l'altro, la situazione peggiorava sempre di più… ed era già drammatica.

Alla fine, costretta a letto per diversi mesi, causa motivi di salute, avendo molto tempo per pensare, cominciai ad acquisire consapevolezza del fatto che le cose non potevano andare avanti in quel modo. Piangevo molto ed ero, tremendamente, giù di morale.

Col tempo, tuttavia, compresi che ciò che mi era accaduto era stato un regalo per farmi diventare cosciente del fatto che era tempo che io cominciassi ad amare me stessa e che solo io avrei potuto aprire la porta per uscire da quella situazione. Cercai di mettere in pratica quanto avevo capito; così misi fine al mio marimonio anche se non avrei mai voluto.

Ero una madre, sola e senza lavoro; i ragazzi andavano a scuola e, certamente, i problemi non potevano considerarsi risolti: tutte le attività che intraprendevo, per mantenere la mia famiglia, non andavano a buon fine.

Solo più tardi, ho capito il perché di tutte quelle difficoltà e ora so che queste non sono arrivate per caso e senza un motivo.

Un immenso Grazie a tutti gli *Esseri di Luce*, che non mi hanno mai lasciata sola!

Iniziai a leggere molto, a seguire lezioni di yoga, vari tipi di respirazione e altri corsi; imparai a meditare e a lavorare su me stessa, diventando insegnante di yoga e di meditazione.

Successivamente, seguii molti corsi concernenti i metodi di guarigione energetica e conseguii il riconoscimento ufficiale di guaritrice spirituale.

Dal giorno in cui, nel 2012, ho ricevuto la *"visita"* di un *Maestro Asceso*, ho sentito l'esigenza di lavorare su me stessa ogni giorno in vari modi, per crescere spiritualmente.

Ho compreso che non finiamo mai di imparare e di evolverci: quanto più e prima ne diventiamo consapevoli, tanto meglio sarà per noi.

Mi rendo conto che, in tema di spiritualità, si possa fare confusione perché, ormai, nella nostra società, ci sono molte sollecitazioni e teorie. So che, spesso, molte persone non sanno più a cosa credere, a cosa prestare attenzione, a cosa avvicinarsi e cosa lasciar perdere.

In questo libro mi limiterò a scrivere semplicemente, le mie personali esperienze e le informazioni che ho ricevuto, direttamente da *Maestri Ascesi, Angeli* e *Guide Spirituali*.

Davanti alla tomba di mio padre

Nel dicembre 2007 ero in Belgio: il 28, alle sei del mattino, ero già pronta a partire per tornare a casa mia, in Italia.

Dopo aver detto ai miei figli di salutare la nonna ed entrare in macchina, sarei tornata da lì a poco, attraversai la strada per dare un saluto a mio padre sulla sua tomba.

Lui era tornato a Casa il 6 giugno di quell'anno (adesso, dico *"tornare a casa"* per indicare da dove veniamo e non parlo più di morte perché so che, in quanto esseri eterni, noi lasciamo solo il nostro corpo fisico).

Davanti alla tomba, mentalmente, parlavo a mio padre di varie situazioni familiari.

Ad un certo punto, mi spaventai come non mai nella mia vita! Mio padre mi parlava, … mi rispondeva.

Era qualcosa di molto diverso dal sentire la voce di una persona vicina a me: era come se questo suono uscisse da me e mi parlasse dall'interno.

Vibravo tutta, energeticamente, e sentivo la voce, chiarissima, di mio padre passare attraverso il mio corpo. *"Come è possibile che un uomo morto da tempo riesca a comunicare con il mondo dei vivi e mi parli?"*. Questo pensavo, in quei momenti, mentre mi sentivo raggelare.

Incredula e sconvolta, chiedevo: *«Papà, papà, dove sei?»* e, intanto, mi guardavo intorno ma non c'era nessuno.

Non capivo più nulla. Riattraversai la strada, salutai mia madre e partii immediatamente, senza far parola dell'accaduto.

Ancora oggi, non so come io sia riuscita a guidare per 1200 chilometri, avendo pensieri e la testa altrove, rivolta a ciò che era successo al cimitero.
Sapevo che era stato reale, che non era stato un sogno ma non era facile da descrivere. Come poteva la voce di mio padre passare attraverso il mio corpo ed essere cosi chiara?
Era decisamente la sua voce, ne ero più che certa!

La vita oltre questa vita

Non raccontai questo evento a nessuno per quattro anni, pur consapevole che era successo realmente: avevo paura di essere considerata una squilibrata. In quel periodo la mia anima non era pronta ad affrontarc quell'evento e a capire o a comprendere di più.
Tuttavia, ripensavo spesso al libro letto quando avevo diciotto anni e in esso andavo cercando risposte alle mie tante domande.

Non a caso, incontravo sul mio cammino persone
che, a loro volta, avevano ricevuto tanti segnali e
comunicavano telepaticamente con l'Aldilà, con i
loro cari trapassati.
Significa comunicare con i pensieri, perché non c'è
corpo e forma, con i loro cari trapassati.

Ho anche conosciuto persone con capacità di
canalizzare, cioè, di ricevere informazioni dagli
"Esseri di Luce" e di comunicare con *Essi*, altre che
ricordavano molto bene le vite precedenti ed altre
ancora che fanno viaggi astrali.

Cosi, pian piano, sono diventata sempre più
consapevole e grata del bel regalo fattomi da mio
padre: la prova che c'è veramente un'altra vita dopo
questa.

Più avanti, come racconterò in un capitolo successivo
del libro, avrei avuto, con lui, anche esperienze di
comunicazioni telepatiche.

Relazionandomi con persone dai miei stessi
interessi, leggendo molti libri, navigando in internet,
continuavo ad acquisire sempre più consapevolezza
sulle ragioni per le quali siamo su questa Terra, sulla
vera realtà delle cose e su come essa funzioni, nonché
sui tanti perché dell'esistenza.

Il mio interesse per la spiritualità cresceva, sempre di più.

Voglio dirvi che non finiamo di lavorare quando lasciamo questa terra: continuiamo a farlo anche nell'Aldilà. Ma è meglio svegliarsi ed iniziare qui ad evolversi da subito. Questo è sicuro.
L'essere umano non è un essere terreno, ma un'anima che assume, per un certo tempo, un corpo fisico.
Noi siamo anime e i nostri spiriti sono immortali. Per questo, i nostri defunti non solo possono apparirci in sogno ma sono ancora con noi. L'amore non finisce mai.

La mia esperienza è andata oltre a questa consapevolezza. Più di una volta, ho avuto contatti con *Maestri Ascesi* e *Angeli*, ho fatto viaggi astrali, ho sperimentato la comunicazione telepatica e l'estasi: la connessione con la Fonte; l'Amore incondizionato!

CAPITOLO II

VISITA
DI UN MAESTRO ASCESO

Quel 22 febbraio 2012

Negli anni precedenti, mi trovavo in Belgio, a casa di persone conosciute durante il mio percorso di ricerca spirituale, quando, discorrendo dei temi che ci accomunavano, la signora mi domandò: *«Katrien, tu credi nell'esistenza degli Angeli?»*.

Dopo averci pensato un attimo, risposi: *«Sai che non so risponderti, non ci ho mai pensato, non saprei dire né sì, né no»*. Era una risposta sincera: in effetti, non ero abbastanza interessata all'argomento e non avevo mai comprato neppure un libro sugli *Angeli*.

Nel febbraio 2012, mentre comunicavamo tramite Skype, la signora tornò nuovamente a parlare degli *Angeli*, sollecitandomi: *«Dai, Katrien, compra un libro, leggi qualcosa su di loro: per saperne un pò di più»*.

Da quando mi aveva fatto quella domanda, a casa sua, avevo cominciato ad incuriosirmi e, così, mi convinse.

Il 22 febbraio 2012, nel pomeriggio, avevo un appuntamento in città. Con l'intento di passare prima da una libreria, per comprare un libro sugli *Angeli*, uscii da casa con molto anticipo.

Una volta in libreria, la mia attenzione cadde su due libri: *"C'è un Angelo accanto a te"* e *"Tutti quanti abbiamo un Angelo"*. Li comprai entrambi.

Ritornai alla macchina e guidai fino al luogo dell'appuntamento, arrivando con circa un'ora di anticipo sull'orario fissato.

Entrai nel grande parcheggio di un centro commerciale per lasciarvi l'auto. Ricordo di essermi guardata intorno: non c'era ancora nessuno.

Chiusi le portiere dell'auto per poter leggere, tranquillamente, i libri appena comprati.
Dopo circa quindici minuti, un uomo picchiò sul vetro del finestrino: non potendo abbassarlo perché era rotto, aprii un pochino la portiera per sentire cosa volesse dirmi.
«Che strano, la portiera è aperta ... pensavo di averla chiusa!»
L'uomo mi disse: *«Signora, per evitare un incidente, deve far aggiustare una delle luci posteriori della sua auto, è rotta»* e ribadì: *«Per evitare un incidente».*

Un pò insospettita, gli risposi: *«Sì, ok, grazie»*, mentre chiudevo la portiera.

Quel signore, con un tono sempre più deciso ma comunque, amorevole, insisteva: *«Signora, mi ha capito bene? ha capito bene quello che le ho detto? la luce in alto a sinistra non funziona, deve aggiustarla per evitare un incidente»* ed io, un pò seccata: *«Sì sì, OK, va bene, le ho già detto grazie»*.

A quelle mie parole, l'uomo se ne andò.

Intanto, cominciai a ripensare a quello che mi aveva detto.

"Come fa a sapere che la mia macchina ha una luce non funzionante e anche qual'è?

Nessuno mi ha seguita mentre venivo al parcheggio, c'è senso unico e poi, non ho acceso le luci per guidare fino a qui, nel mezzo del pomeriggio, con il sole! ... chi è? E come fa a sapere?"

Facendo questi pensieri, mi girai per guardarlo e notai che indossava giacca, pantaloni classici e una maglia a lupetto, con profilo del collo bianco. Poi, nel momento in cui cominciai ad osservare la parte bassa del corpo, mi resi conto che fluttuava nell'aria: non aveva ginocchia, né gambe e né piedi! Immaginate la mia sorpresa?

Mentre la mia attenzione era su quello che avevo appena visto, anche lui si girò e tornò verso di me.

Aprendo la giacca, sfilò un volantino da una tasca interna, dicendomi: *«Signora, ho portato qualcosa per lei»*. Si avvicinò al posto di guida, da dove non mi ero mossa, e me lo passò dalla portiera rimasta aperta.

Ricordo, ancora, il pollice della sua mano all'altezza del mio cuore. In quei momenti, mi sentivo come una bambina mentre lui mi diceva diverse cose, anche personali e, tra queste: *«Ricominci a pregare»*. Lui mi parlava ed io rimanevo seduta lì, con il volantino in mano e la testa china, sentendomi una bambina piccolissima. Annuivo soltanto: *«Sì, sì, sì»*.

Ad un tratto, sentii dentro di me amore, pace, serenità ed una gioia immensa che non avevo mai provato prima e che non so descrivere: ero molto felice.

In quel momento, non capivo bene cosa mi stesse succedendo, ma di una cosa ero sicura: non era qualcosa di normale!

Mi girai, di nuovo, per guardare dove egli fosse andato e vidi la portiera della sua macchina chiudersi senza fare rumore.

Guardava dritto avanti a sé mentre il suo viso, molto particolare, trasmetteva amore e dolcezza e sembrava molto soddisfatto per il lavoro compiuto: cioè per essere riuscito a trasmettere il messaggio che avrei dovuto ricevere.

Non dico questo perché lo trovassi attraente: in verità, in un primo momento, ho proprio pensato che non fosse un bell'uomo ma, con lui vicino, mi sentivo tanto bene e tanto amata.

Fortunatamente, solo con il tempo, sono diventata consapevole che lui sapesse perfettamente, quello che stessi pensando, compreso che, non fosse un bell'uomo: forse mi sarei vergognata se in quel momento ne fossi stata cosciente, mentre lui si sarebbe molto divertito penso.

Poi, la mia attenzione andò alla sua macchina: era tra il rosso scuro e il marrone, di piccola cilindrata e di un modello molto datato. *"Caspita, com'è vecchia e chissà che rumore farà adesso, partendo!"*, pensai.

Invece, nel momento in cui si mosse, della macchina non sentii alcun rumore, neanche l'accensione del motore: nulla; poi, girandomi per vedere che direzione avesse preso, non la vidi più era sparita nel nulla. Mi trovavo in un grande parcheggio deserto, ma l'auto era sparita nel nulla.

Rimasi lì per una mezz'ora, a godere di quella felicità: sentivo tanto amore e ridevo da sola. Non mi ero mai sentita così: una sensazione difficile da descrivere ma, con quel volantino in mano, non potevo avere dubbi.

Tuttavia, in quel momento, non avevo ancora la piena consapevolezza di cosa esattamente mi fosse accaduto.

Dopo l'incontro con quella persona, tornando a casa, chiamai mia figlia per chiederle di andare ad aprirmi il cancello; le anticipai che avrebbe dovuto aiutarmi in quanto mi era successa una cosa strana.

Avevo fretta di sapere se, davvero, la luce posteriore in alto a sinistra non funzionasse.

Arrivata a casa, non raccontai nulla a mia figlia, le dissi solamente: «*Ti spiego dopo, prima controlla tutte le luci dell'auto, sia davanti che dietro*», senza aggiungere altro.
«*Dimmi se funzionano tutte*», ripetei e mia figlia: «*Mamma, davanti funzionano tutte ma, dietro, la luce in alto a sinistra non funziona*».
Mi venne la pelle d'oca.

Non capivo come quell'uomo, che si era avvicinato alla mia macchina, potesse sapere del guasto e cosa rappresentasse l'immagine raffigurata sul volantino che egli mi aveva lasciato. Mi ponevo queste ed altre domande.

Il seguito di quell'incontro

Alla sera, contattai con Skype una mia conoscenza in Belgio, per parlarle dell'accaduto.

Dopo avermi ascoltata, commentò: *«Secondo me, Katrien, hai ricevuto una visita da un "Su".*

Io farei tutto quello che ti ha detto … e ripara la luce della tua macchina, al più presto possibile».

L'indomani la prima cosa che feci fu andare dal meccanico, anche con un pò di timore per la spesa che avrei dovuto affrontare: precedentemente, avevo già dovuto pagare venticinque euro per l'auto e, per me, erano tanti soldi.

Invece, nel momento in cui chiesi cosa dovessi per il lavoro fatto, il meccanico mi rispose: *«Un euro».*

Stupita dall'esiguità della cifra, richiesi: *«Quanto?».*

Il meccanico, guardando intorno e verso il cielo, ripeté: *«Un euro».* Gli diedi l'euro e andai via subito, felice.

Più o meno, una settimana dopo, sarei dovuta recarmi in città per un appuntamento.

Partii un'ora prima con l'intenzione di fermarmi in una chiesa, per ringraziare dell'avvertimento che mi era stato dato.

Arrivata alla chiesa, spinsi la porta per entrare ma era chiusa: tutte le porte della chiesa erano chiuse. Spinsi più forte ma niente da fare, la chiesa era proprio chiusa.

Ormai ero lì e, così, decisi di aspettare, visto che il mio appuntamento era nelle vicinanze.

Intanto, controllavo le immagini appese fuori per cercare qualcosa che assomigliasse al volantino che mi era stato dato *"dall'Entità di Luce"* incontrato nel parcheggio, ma non trovai nulla, non c'era, ne ero certa. Proprio in quel momento, la porta della chiesa si aprì ed uscì una persona anziana: *"che strano, ... come ha fatto? io ho spinto con forza per cercare di aprire le porte"*.

Non sapevo darmi una risposta ma entrai in chiesa e accesi cinque candele: una per ringraziare *"L'Entità di Luce"* che mi aveva avvisata della luce non funzionante della mia auto evitandomi, con tutta probabilità, un incidente, ed una per ognuno dei miei figli.

Uscita dalla chiesa, sentii il bisogno di guardare verso l'alto, di osservare il cielo e nel momento in cui lo feci vidi apparire una grande immagine che assomigliava all'uomo raffigurato sul volantino: da lontano questi si avvicinava a me e poi spariva come una stella cadente. Poi, in comunicazione telepatica, sentii: *«ho visto che mi hai ringraziato; noi da quassù vediamo e sentiamo tutto quello che fai»*.

Finalmente mi fu tutto chiaro, capii che il volantino che avevo ricevuto quel giorno era un altro strumento, un messaggio, inviatomi per apprendere al meglio il mio *risveglio spirituale*.

La comprensione di quel giorno

Quanto accadutomi era un'altra conferma che da *"Su"* sanno e vedono tutto: sanno anche come ci sentiamo e cosa pensiamo.

Ci sono persone che credono di essere furbe e di poter nascondere ciò che fanno ma sappiate questo: potete tenere le cose nascoste qui, su questa piccola Terra ma, alla fine, vi dovrete confrontare con voi stessi.

Potete anche sentirvi *"vincenti"* qui, ma non lo sarete altrove dove esiste una legge Divina.

Come hanno aperto lo sportello della mia auto, gli *Esseri di Luce* possono fare qualunque cosa: possono apparire in forma umana, per non spaventarci troppo, ma anche in modi diversi e, allo stesso modo, possono sparire nel nulla, come ho constatato personalmente.

Il farmi vedere una macchina vecchia e piccola mi ha voluto far capire che le cose materiali non hanno importanza.

Quando lasciamo il nostro corpo, non conta nulla se, su questa terra, abbiamo avuto una Ferrari o una vecchia Panda.

Cos'altro ho compreso

Ho compreso l'importanza della preghiera e che non importa dove o come si prega, perché ciò che conta, davvero, è che la preghiera scaturisca dal cuore.

Infine, ho anche capito che è importante fidarsi: cioè, avere dentro di noi la certezza che le nostre preghiere di aiuto verranno ascoltate. È qui che, spesso, tutti noi sbagliamo.

Perché pregare e meditare?

Abbiamo il nostro corpo fisico e i nostri corpi sottili. Come abbiamo bisogno di mangiare, per tenere vivo il nostro corpo fisico, allo stesso modo abbiamo bisogno di pregare e di meditare, quotidianamente, perché questo è il cibo per i nostri corpi sottili.

Solo qualche mese dopo quella *"visita"* ho capito anche il significato della data in cui era avvenuta, il 22 febbraio 2012.

La somma dei numeri di 22, 02, 2012 dà undici. Nella numerologia il numero undici significa risveglio.

Quanto mi era accaduto voleva portarmi al mio *risveglio spirituale.*

Ripensando a tutte le cose che mi sono state dette, dall'immagine sul volantino, ai segnali ricevuti, sono certa che si è trattato di un *"Progetto Divino"* per condurmi al risveglio spirituale, aumentare la mia consapevolezza e le mie frequenze e farmi evolvere, per poi a mia volta poter aiutare tante altre persone. Come mi è stato detto chiaramente: con tua esperienza personale, potrai aiutare tante persone, soprattutto donne sole, e essere un canale di pura Luce.

Anche scrivere questo libro fa parte della mia missione: per raggiungere tanta gente bisognosa d'aiuto.

Vale la pena soffermarsi sul significato dei numeri a cifra doppia quali, 11, 22 e 33 chiamati anche *Numeri Maestri* questi nella numerologia sono importanti per il loro valore simbolico ed energetico in particolare modo il numero 11 rappresenta il portale della manifestazione istantanea l'abbandono cioè della manifestazione umana e di benvenuto alla *Creazione Cristica*; ogni numero a cifra doppia quindi è inteso come un portale.

Per ogni portale che si chiude un altro si apre e nel mezzo ad essi ci sono grandi cambiamenti. I *Maestri Ascesi* indicano in questi portali la possibilità di apprendere importanti messaggi spirituali.

Con il tempo, ho scoperto che, quel giorno, era stato attivato qualcosa dentro di me, nel mio cuore e che, quell'attivazione, era il motivo per cui avevo sentito così tanto amore, pace e gioia.

Il mio vero risveglio spirituale è avvenuto dopo quel 22 febbraio 2012, dopo quell'esperienza, durante la quale mi sono stati dati messaggi per la mia vita, con un tono autoritario ma, allo stesso tempo, con immenso amore: un Amore che, qui sulla Terra, è poco conosciuto.

Ho vissuto qualcosa di miracoloso, un'esperienza unica che mi ha cambiato in tanti modi: nel mio modo di pensare, nella mia fede, nel mio modo di reagire, nella mia consapevolezza e nella mia evoluzione, anche se rimane sempre il mio libero arbitrio.

Ho accolto questa *attivazione* e l'Amore ricevuto come un grande dono, un premio, dopo trent'anni di vita terrena trascorsi in grande difficoltà, sofferenza e mancanza d'amore.

Ma non finì tutto lì.

Una settimana dopo l'esperienza narrata e per i successivi sei mesi, ogni mese, ho avuto dei segnali.

CAPITOLO III

L'ESPERIENZA PIÙ BELLA DELLA MIA VITA

Vortice di energia

Nel marzo del 2013, mentre mi trovavo in Belgio, un giorno, decisi di recarmi a seguire una meditazione: alla fine, Johan, che l'aveva guidata, chiese se tra noi (eravamo una ventina di donne), ci fosse qualcuna che volesse porre delle domande.

Sapendo che Johan era conosciuto per essere spiritualmente elevato e che avrebbe potuto connettersi con il mio sistema energetico, decisi di chiedergli chi si fosse avvicinato a me nel parcheggio, il 22 febbraio del 2012.

Dopo avermi guardata dritto negli occhi qualche istante, mi rispose: *«Un Maestro Asceso»* e aggiunse: *«Ma prima che un Maestro Asceso scenda sulla terra, dovrebbe averti detto cose importanti, averti dato un messaggio preciso, altrimenti non scendono!»*.

"Però, è davvero bravo, sa anche questo!"

Lo pensai davvero: e, infatti, mantenemmo i contatti e quando mi sorgevano domande, mi rivolgevo spesso a lui.

Il 17, 18, 19 e 20 giugno del 2013, Johan e la sua compagna vennero a casa mia, per alcuni giorni. Lo scopo di quell'incontro era che Johan mi supportasse nella connessione con il mio *Sé Superiore*, per aiutarmi a riprendere contatto con il *Maestro Asceso* che mi si era manifestato un anno prima.

Per prima cosa, diedi a Johan il permesso di entrare nel mio *"sistema"*, per togliere quanti più blocchi fosse possibile.
Volevamo riavere un contatto con quel *Maestro Asceso* per fargli delle domande: così, anche Johan, tramite me, avrebbe potuto avere risposte alla sua domanda principale, quella concernente l'evoluzione spirituale.

In quei giorni, facevamo molta meditazione guidata. Per un pò, riuscivo a connettermi, ma non del tutto. Sulle domande concernenti chi fosse quel *Maestro Asceso* e come si chiamasse, non arrivavano risposte.

La mattina della partenza dei miei ospiti, mentre, alle nove, facevamo colazione all'aperto, sotto il portico, Johan ribadì: «*Katrien, sai che sono venuto qui per aiutarti ma l'ho fatto anche per me, per saperne di più. Tu hai avuto un contatto diretto con le dimensioni più alte e se riuscissi a riaverlo, sarebbe possibile imparare tante cose*».

Gli risposi che mi dispiaceva che non avesse ottenuto quello che voleva e aggiunsi: *«Spero anch'io di poterci riuscire, un giorno, ma, se vuoi riprovare adesso, per l'ultima volta, non ho problemi»*. Johan acconsentì e ci disponemmo a fare l'ultimo tentativo.

Chiusi gli occhi e fui guidata nella meditazione.
Alla domanda, al mio *Sé Superiore*, se potessi riavere contatto con quel Maestro, la risposta fu un sì. Ero consapevole di essere stata io a riuscire a creare la connessione, ne percepivo le energie e dicevo ad alta voce: *«Lui è qui»*.

Tuttavia, per la grande emozione che provavo e, spinta dal mio ego, desideravo riaprire subito gli occhi per rivedere quel *Maestro Asceso* e, così, finii per interrompere la connessione.
Riaprendo gli occhi, vidi Johan seduto in modo strano sulla sedia: fissava dritto davanti a sé e aveva il busto riversato all'indietro.

Poi, mi riferì che nel momento in cui, durante la meditazione, dicevo *«Lui è qui»*, aveva visto davanti a sé, ad una distanza di due o tre metri, un grandissimo vortice di energia!
Chiesi a Johan se avesse mai visto qualcosa di simile prima e lui mi rispose: *«Sì, ma mai cosi grande e cosi forte!»*

Secondo lui, era un'energia forte come quella di *Gesù*. Mi dispiaceva non aver visto quel vortice di energia.

Sono stata io a creare la connessione energetica ma era diversa da quanto avvenuto l'anno prima, quando era stato il *Maestro Asceso* a crearla per potermi apparire qui sulla terra.

Sentivo quell'energia dentro di me e intorno a me ed ero ansiosa che Johan e la sua compagna se ne andassero per restare sola con essa.

Stato di estasi

I miei ospiti se ne andarono quasi subito ed io entrai in casa. I miei figli erano al piano superiore, in camera loro. Mi sdraiai sul divano e, poco dopo, avrei avuto l'esperienza più bella della mia vita entrando, per due ore, in uno stato di estasi, di connessione con il *Divino*, con la *Sorgente*.

Furono due ore di pianto di gioia. Mi sentii cosi tanto amata, infinitamente serena e in pace, sentii un amore immenso e incondizionato: sensazioni difficili da descrivere a chi non ha fatto una simile esperienza perché si tratta di un Amore poco conosciuto sulla Terra.

In questi due ore, non mi interessava più nulla, né dei figli, né di tutti i problemi.

Sulla Terra, possono rubare qualsiasi cosa ma, di certo, questa esperienza non può rubarmela nessuno ed è, per me, il valore più grande che esista.

In quella connessione con il *Divino*, ho anche visto ed imparato molto altro. Dopo questa vita, non ha importanza se abbiamo conseguito un diploma oppure no, se siamo stati un ingegnere, un ministro o un senzatetto, se siamo stati ricchi o poveri: conta solo la nostra evoluzione, quanto è cresciuta la nostra anima quando prima torniamo a casa.

La Terra è solo un passaggio: come andiamo a scuola per studiare e prepararci alla vita, così veniamo sulla Terra e ognuno di noi, farà una scelta; gli insegnamenti che dovrà apprendere e le missioni della propria vita. Siamo qui per sperimentare e per evolverci.

Ho capito che se, in un modo o in un altro, non impariamo le nostre lezioni in questa vita, le impareremo, magari, nella prossima, anche in altre forme: ma ritorneremo finché non abbiamo imparato ciò che dobbiamo.

È proprio come a scuola: se non impariamo i numeri in prima elementare, non possiamo frequentare la seconda classe ed imparare le tabelline.

Il regalo di questa esperienza

Quelle due ore di estasi sono state il regalo più bello che io abbia ricevuto nella mia vita.

Durante quella meravigliosa esperienza, imparai che tutti i miei problemi non avevano importanza (e ne avevo tanti!), che oltre questo mondo c'è tanto di più e c'è tanto amore, che tutto è un tutt'uno e che noi siamo un tutt'uno.

Dopo questa esperienza, mi sono sparite tante paure e, sicuramente, la paura di morire.

Anzi, nei mesi successivi, ho desiderato lasciare la terra per tornare là, da dove sono venuta: desideravo tornare a casa. Ma questo non è ancora possibile: prima devo compiere la mia missione qui sulla terra e desideravo capire, al più presto, quale fosse.

Quel pomeriggio, andai fuori a far spese: provavo amore verso tutte le persone che incontravo, anche per quelle che, prima, non avevo simpatia... e volevo tanto bene a tutti.

Al contempo, mi accorgevo che anche gli altri mi guardavano con stupore e che, in qualche modo, percepivano le mie frequenze più elevate, in quel momento.

Sono molto grata per questa esperienza.

CAPITOLO IV

IN CHE MODO GLI " ESSERI DI LUCE" POSSONO DARCI SEGNALI E AIUTI

Gli *Esseri di Luce* ci sono sempre per noi e ci mandano segnali, ma spesso, noi non ce ne rendiamo conto e li ignoriamo perché non comprendiamo il loro modo di comunicare con noi. Per questo, voglio riportare alcune mie esperienze.

Visita a mia madre

Nel marzo 2012, mi trovavo in Belgio, per poter partecipare, una domenica, ad un workshop diretto a persone interessate all'evoluzione spirituale. Tra i partecipanti vi erano anche medium e chiaroveggenti, dai quali era possibile ricevere messaggi dall'aldilà o dagli *Angeli* e dalle *Guide*, si potevano comprare libri e seguire meditazioni.

Il giorno dopo, lunedì, avevo un appuntamento alle nove, a casa di mia mamma, per andare insieme al mercato.

Tuttavia, arrivata alla porta, prima di suonare attraversai la strada: volevo recarmi prima al cimitero, a far visita alla tomba di mio padre, per un saluto.

Mentre stavo lì, davanti alla sua tomba, chiedevo a mio padre perché non desse un segnale alla mamma, come aveva fatto con me: sapevo che, alla sua età avanzata, mio padre le mancava molto. Non percepivo o non ricevevo nessuna risposta.

Qualche minuto dopo, arrivai a casa di mia madre e, sedute a tavola una di fronte all'altra, parlavamo.
Alle sue domande su cosa avessi fatto il giorno prima e dove fossi andata, le raccontai della mia domenica.
Ad un certo punto, lei esclamò: *«Se lo avessi saputo, sarei venuta anch'io»*.
Questa fu, davvero, una sorpresa per me.
Così, le raccontai anche che avevo scoperto che una delle mie *Guide Spirituali* era sua madre, che io non avevo mai conosciuto ma che riconobbi da una foto che lei mi aveva fatto vedere: era identica alla descrizione fattami da una chiaroveggente.
Vedevo interesse da parte di mia madre: mi ascoltava con attenzione e, nonostante prima volesse andare al mercato, rimaneva seduta.
Per me si trattava di un atteggiamento sconosciuto, considerata la sua mentalità non aperta, si potrebbe dire *"di una volta"*.

Subito dopo, mi sentii fortemente attratta da una foto di mio padre, sulla credenza dietro alla spalla destra di mia madre.

Sentivo la presenza di mio padre sempre più forte; poi lo sentii di fianco a me e, poco dopo, ero certa di percepire la sua energia. Ero sicura che mio padre fosse lì, in quel momento.

Ed era lì veramente, perché si avviò una comunicazione telepatica fra noi.

Mia madre mi parlava, ma io ero assorta nella comunicazione con mio padre. Lui mi diceva: *«Dillo a tua madre»* ed io rispondevo di no. Lui, ancora: *«Diglielo»* ed io ribadivo il mio no.

Sapevo perfettamente e con sicurezza cosa mio padre voleva che io raccontassi: la mia esperienza di quattro anni prima, quando lui mi aveva parlato mentre ero alla sua tomba.

Insisteva: *«Diglielo»* e io, di nuovo: *«No»*.

Comunicavamo con questa particolare modalità e il dialogo era abbastanza chiaro e fluido.

Ripetei a mio padre che non avrei detto a mia mamma di quell'incontro con lui davanti alla tomba: la poveretta avrebbe pensato che ero diventata stramba, che sua figlia era uscita di testa e per lei, alla sua età, credere questo sarebbe stato un brutto colpo. Ero determinata a non parlarne a mia madre.

Adesso voglio decidere io della mia vita! Ero proprio decisa.

A quel punto, mio padre, avendo capito che ero ferma nella mia decisione di non raccontare quello che lui voleva, mi tenne ferma: restavo immobile, incapace di muovermi sulla sedia. Tutto questo sembrava molto strano, ma era così. Era incredibile: stavo seduta e mi era impossibile muovere qualsiasi parte del corpo. Lui mi teneva ferma energeticamente.
Di nuovo, mio padre mi incalzò: *«Diglielo»*. Quando capii che non avevo possibilità di scelta, mi arresi: *«Ok, hai vinto però, ... lo racconto a modo mio!»*.

A quel punto, lui accettò la mia decisione e se ne andò. Non lo percepivo più e potevo, di nuovo, muovermi.

Così, dissi a mia madre: *«Adesso ti racconto una cosa, anche se so che non mi crederai: non sei obbligata a farlo e sono consapevole che potrai pensare di me che non sono normale ma non mi importa, ciò che conta è che, quello che ora sto per raccontarti, è la verità»*.

Le esposi della prima esperienza avuta con mio padre dopo la sua morte: le rivelai che lui, suo marito, mi aveva parlato mentre stavo davanti alla sua tomba. Mentre le dicevo queste cose, mi accorgevo che lei si muoveva sulla sedia in modo insolito, non da lei. Finito il mio racconto, mia madre mi sorprese dicendo: *«Adesso ti racconto io una cosa»*.

Mi riferì che mio padre, dopo tre settimane dalla propria morte del corpo fisico, aveva parlato molto chiaramente anche a lei e mi raccontò di quell'esperienza.
Pensai che l'aiuto che mio padre le aveva dato dall'aldilà non era poco!

Improvvisamente, capii anche perché mio padre non mi dava risposte quando gli chiedevo di dare un segnale anche alla mamma: lui le aveva già parlato e dato una indicazione, molto prima di farlo con me.

Cosa ho imparato da tutto questo?

Ho sperimentato una vera e propria comunicazione telepatica: qualcosa di diverso dall'episodio di quattro anni prima, quando avevo sentito la voce di mio padre attraversare il mio corpo.

Pertanto, ora so che la comunicazione con l'aldilà avviene, semplicemente, con la trasmissione dei pensieri e che, quindi, in quella dimensione, non esistono più lingue differenti.

Che bello sarebbe se, anche qui sulla Terra, fosse così! Non ci sarebbero bugie e sapremmo sempre quello che gli altri pensano. L'idea di comunicare telepaticamente mi piace molto.

A parte questo, sono consapevole che quello che ha fatto mio padre è molto di più. Avendo parlato, sia con mia madre che con me, fornendoci un'esperienza comune, ha reso possibile, un rapporto più profondo fra noi due.

Ma mio padre aveva anche un altro obiettivo. Vedendo, dall'aldilà, il mio risveglio spirituale, voleva che io aiutassi mia madre: infatti, era essenziale per il suo bene che io le spiegassi un pò di cose che potessero aiutarla nel suo *"risveglio"* e, soprattutto, nel farla evolvere, il più possibile, spiritualmente.

Voleva che io aiutassi mia madre insegnandole a perdonare con il cuore quanti le avevano fatto molto male, anche se già trapassati: era anche necessario farle acquisire consapevolezza dell'importanza di tutto questo prima del suo trapasso, cioè finché lei fosse ancora in vita.

Con il tempo, ho avuto un regalo da parte di entrambi i miei genitori che ora stanno di nuovo insieme.

In che modo mi hanno fatto questo regalo?

Da me veniva una signora, per fare lezioni di yoga. Il suo stato di salute non era ottimale: non riusciva ad alzarsi agevolmente da terra, lo faceva solo con difficoltà e molto lentamente.

Un giorno, durante una di queste lezioni, mi disse: *«Non so chi siano queste due persone in foto, ma so che mi stanno aiutando molto!»*. Questo mi sorprese anche perché, proprio qualche giorno prima che lei venisse, guardando le foto dei miei genitori, mi ero chiesta: chissà, se siete insieme anche di là? Poi, la signora mi raccontò che mia madre la incoraggiava, dicendole: *«Dai, dai che ce la fai, alzati!»*.

Non avevo dubbi su quanto mi riferiva perché nelle sue parole riconoscevo espressioni tipiche del modo di parlare di mia madre.

Poiché questa signora non aveva mai conosciuto o sentito parlare di mia madre, quanto mi aveva riferito era per me anche una prova lampante del fatto che il nostro carattere non cambia nell'aldilà: restiamo, esattamente, come siamo qui, sulla terra!

Sì, è stato proprio un bel regalo e sono grata di aver saputo che mia madre è riuscita a raggiungere mio padre e, anche, che entrambi mi sono vicini.

È bello, per me, sapere anche che, dall'aldilà, i miei genitori aiutano le persone che si rivolgono a me.

Un cerchio impresso sul parabrezza della mia auto

Dopo essere stata due mesi in Belgio, nel settembre 2012, rientrai a casa mia. Appena arrivata, mi accorsi subito che la mia tenda da campeggio era rotta, morsicata dai cani: prima di partire, l'avevo lasciata in buone condizioni dopo averla usata, diverse settimane, per dormire fuori.

A causa del terremoto, parte della casa non era del tutto sicura e, per questo, non riuscivo a dormirci tranquilla: mi svegliavo spesso per il timore che il tetto potesse cedere.

Ad una settimana da questa scoperta, mio figlio, chiudendo la porta del bagagliaio della mia auto dove, per aiutarmi, aveva messo i sacchi della spazzatura, mi chiamò, chiedendomi: *«Mamma hai fatto tu quel disegno sul vetro?»*.

«Quale disegno?» gli risposi e, non avendo notato nulla prima, andai a vedere. Si trattava di un disegno circolare.

Avvertivo una strana sensazione. *«Guarda come è stato disegnato bene, sembra inciso nel vetro. Nessuno può averlo fatto a mano, sembra fatto con un compasso»*, feci notare a mio figlio.

Tutto questo era singolare. Io non avevo fatto quel disegno e la mia macchina era rimasta sempre al chiuso: nessuno poteva aver fatto quel disegno.

Domandai a mio figlio cosa potesse significare quel disegno: mi rispose che, secondo lui, rappresentava l'epicentro di un terremoto.

Mi venne la pelle d'oca! La prima sensazione che ebbi, fu che si trattasse di un segnale dall'Universo.

Continuavo a pensare che quel cerchio era talmente bello, fine, preciso e simmetrico che nessuno avrebbe potuto disegnarlo a mano. Ma c'era anche un'altra cosa: sul parabrezza era rimasta la polvere ma, se il cerchio fosse stato disegnato a mano, la polvere sarebbe stata rimossa.

Interpretai tutto questo come l'avvertimento che un altro terremoto era in arrivo: comprai un'altra tenda da campo ed iniziai, nuovamente, a dormire all'aperto.

Tuttavia, col tempo, avendo modo di parlare con persone capaci di canalizzare, mi resi conto che il significato di quanto mi era accaduto era un altro. Gli *Esseri di Luce*, avevano cercato di farmi capire di lasciar andare la paura.

Non c'era bisogno che continuassi a dormire fuori, al freddo e all'umidità: loro ci sono sempre per dare aiuto! Non è sempre facile capire i segnali che ci vengono mandati ma, più andiamo avanti nella nostra evoluzione spirituale, più i messaggi ci diventano chiari.

Meditare, imparare a connetterci con le *Entità di Luce* e canalizzarle sono abitudini molto utili per aiutare noi stessi e gli altri.

I miei cani non mi lasciavano passare

Un pomeriggio, durante il mese di ottobre del 2012, tornata a casa con la macchina, scesi per aprire il cancello. Subito, mi resi conto che, stranamente, i miei due cani da guardia non venivano a salutarmi, contrariamente a quanto facevano di solito: guardavano la mia macchina e abbaiavano e continuarono a farlo anche quando andai ad accarezzarli.
Osservai anch'io, con attenzione, la mia macchina, ma non vidi e non sentii nulla di particolare o di diverso. Mi rimisi alla guida per spostare l'auto un pò più avanti, in modo da poter richiudere il cancello, ma non ci riuscii: i miei due cani non si spostavano. Riprovai, … *"ma cos'è che non va?"*, pensai. Controllai, di nuovo, l'auto esternamente ma non vidi nulla. Rientrai per appurare che fosse tutto a posto e, solo allora, vidi che la spia rossa della temperatura era accesa.
«Grazie cani, ora spostatevi, per favore».
Entrai nel cortile e, più velocemente possibile, spensi il motore e andai a chiudere il cancello.
Dopo un'ora, arrivò a casa uno dei miei figli e, subito, lo informai della spia della temperatura dell'auto; dopo essere andato a controllare, affermò stupito: *«Mamma, come hai fatto a guidare? non c'è una goccia di liquido di raffreddamento nel radiatore; ti è andata molto bene per un pelo!».*

Mi resi conto che i cani meritavano davvero un grande premio! Mi avevano allertata per impedirmi di bruciare il motore alla prossima uscita.

Chi mi ha aiutata? i cani, le *Entità di Luce* o entrambi? Capii che, gli *Angeli*, possono usare anche gli animali per avvisarci o aiutarci.

Ci sono tante storie che dimostrano che le persone sono state, spesso, aiutate dagli animali e che hanno ricevuto segnali tramite loro.

Mi spingono per proteggermi

Nel gennaio del 2013, camminavo per il centro della città, diretta verso la mia macchina. Faceva freddo e avevo poco tempo, così guardavo solo dritto davanti a me.

All'improvviso, sentii una strana sensazione per tutto il corpo, senza capire cosa la causasse.

In giro, c'erano molte persone ma, subito, la mia attenzione fu attratta da un uomo dalla carnagione olivastra che camminava verso di me. Mi accorsi che quell' uomo, alto e ben vestito, si avvicinava a me sempre di più. Quando me lo ritrovai vicino, sentii che aveva intenzione di urtare il mio braccio contro il suo.

Esattamente nello stesso momento, avvertii una spinta che mi spostò verso destra e questo mi permise di evitare il contatto fisico con lui.

Contemporaneamente, accusai anche dolore al cuore e allo stomaco: il mio corpo si chiudeva, mi piegavo in avanti e guardavo a terra, andando via decisa.

Poi, sentii quell'uomo che, da dietro, mi chiamava: «*Signora, signora...* », ma io, senza girarmi, tirai dritto.

Mi chiamò per la seconda volta, in modo più deciso: «*Signora, Signora, Signora...* » ma qualcosa mi impediva di guardarlo: sentivo che dovevo correre via ed evitare, assolutamente, di voltarmi e guardarlo. Mi chiamò anche una terza volta ma io non lo ascoltavo e, intanto, arrivai alla mia macchina.

Non è mia abitudine non prestare ascolto alle persone che si rivolgono a me ma, in quel caso, avvertivo, con certezza, che quell'uomo non aveva bisogno di aiuto, anche perché c'era molta gente lì intorno.

Mi sentivo stranita ma consapevole del fatto che era stato qualcuno dall'Alto a spingermi via da questo uomo, per aiutarmi.

Successivamente, ebbi modo di comprendere che l'intenzione di quell'uomo, mandato da qualcuno, era praticare su di me la magia nera: ed infatti, la fattura può avere effetto sulla vittima sia con il contatto fisico che tramite lo sguardo.

Successivamente, ebbi modo di comprendere che l'intenzione di quell'uomo, mandato da qualcuno, era praticare su di me la magia nera: ed infatti, la fattura può avere effetto sulla vittima sia con il contatto fisico che tramite lo sguardo.

Un immenso grazie e tutta la mia gratitudine alle *Entità di Luce* per l'aiuto e la protezione ricevuta.

Il libro che mi è stato consigliato il 14 febbraio del 2013

Il 14 febbraio del 2013, uscii di casa per recarmi in centro a comprare un libro.

In quel periodo, sapevo già che possiamo chiedere aiuto alle *Entità di Luce*: anzi, vogliono che ci rivolgiamo a loro.

Cosi, mentre guidavo, mi dicevo:
"Entità di Luce ora sto andando in una libreria e vi chiedo di farmi capire che libro posso comprare per la mia crescita spirituale, cosa devo fare o capire per evolvermi. Ma datemi un segnale molto chiaro: fatemi vedere… non so… una luce sul libro, un libro separato dagli altri o lasciato in un angolo.

Datemi un'intuizione per farmi capire che libro scegliere... fatelo cadere, buttatelo per terra... ma che sia un segnale molto forte, che non mi lasci dubbi... sapete che sono un pò "dura" nel capire i vostri segni".

Entrata in libreria, mi recai nel reparto esoterismo. Guardavo i libri con attenzione ma non percepivo nulla e non vedevo nessuna luce: proprio nessun segnale.
"Eh va beh... vuol dire che qui non c'è nessun libro adatto per me o, forse, non riesco a percepire io o non ne ho bisogno".
Poi, mi staccai da quel pensiero.
Nel frattempo arrivò un commesso con in braccio molti libri da sistemare.

Mi spostai avanti di un passo e mi concentrai sui libri di yoga, cominciando a leggerne uno per capire se comprarlo.
Ero concentratissima su quel libro, quando un gran rumore mi fece sobbalzare. Il tonfo era stato così forte che, in un primo momento, pensai che quel ragazzo avesse fatto cadere un intero scaffale colmo di libri. Mi ricordo che mi spaventai davvero!
Mi girai per guardare cosa fosse accaduto ma non vidi nessuno in tutto quel corridoio, molto largo e lungo, con scaffali pieni di libri su entrambi i lati.

"Ma com'è possibile? E, allora, il rumore che ho sentito?".

Guardai anche altrove: niente, non c'era proprio nessuno! Immediatamente, capii che c'era qualcosa di anomalo e cominciai ad avere qualche brivido.

All'improvviso la mia attenzione andò al pavimento, dove c'era un libro, uno solo e posizionato con il titolo verso di me: *"Oltre il fiore della vita", di Maureen J. St. Germain.*

In quel momento mi tornò alla mente cosa avevo chiesto: *"Ecco, il libro che ho chiesto mentre ero in macchina!"* Naturalmente lo comprai.

Dobbiamo essere sempre molto precisi e attenti a come chiediamo: avevo chiesto un segnale forte ed ora non potevo, certo, arrabbiarmi se mi avevano spaventata … non poco! Avevo chiesto io di far cadere il libro o di buttarlo per terra, di avere un segnale che non mi lasciasse dubbi e, sicuramente, mi hanno ascoltata alla lettera.

Dopo aver letto il libro *"consigliatomi"*, ho imparato molto sulla *mer ka ba* e sono diventata consapevole di cosa imparare per crescere per evolversi spiritualmente. Un compito molto grande e molto difficile, il cui senso è racchiuso in una parola: *"Perdono"*.

Dovevo imparare a perdonare!

Una cosa molto importante da fare in questa vita, per tutti noi, è saper perdonare dal cuore. Questo non significa ridare il portafoglio a chi te lo ha rubato ma essere liberi dalle emozioni negative. Il perdono è un regalo che facciamo e noi stessi.

Per questo dobbiamo riuscire ad augurare il bene più grande alla persona che ci ha offesi, che ci ha fatto un torto o provocato grande sofferenza: ed è anche necessario che questo augurio venga fatto dal profondo del cuore.

Col tempo, ho appreso diversi metodi su come mettere in pratica il perdono, *tagliare* e *bruciare* i *Lacci Karmici* con altre persone, come uscire dalla spirale del buio, e tanto altro: questi insegnamenti, però, insieme a tante altre informazioni per evolverci, passano attraverso corsi pratici.

La meditazione

Ero a casa il 25 febbraio 2013. Lavoravo e cercavo una buona meditazione da far fare ai partecipanti alle mie lezioni, alla fine delle mie lezioni di yoga. Avevo un cd con una meditazione guidata e mi sdraiai per ascoltarla e sperimentarla su me stessa.

Tuttavia, terminato il rilassamento guidato, la meditazione si interruppe. Controllai il cd ma non mi sembrava di vedere graffi o altro. Ricominciai da capo e, di nuovo, il cd si inceppò nello stesso punto, con un rumore insolito.
Per quella sera, lasciai stare tutto.

Il giorno dopo, decisi di riprovare ma ottenni lo stesso risultato: finita la parte riguardante il rilassamento guidato, il cd si fermava e, di nuovo, sentivo quello strano rumore, ma un pò più forte.
Rinunciai ad usare quel cd. Cercai in internet un altro testo di meditazione. Trovai subito una musica che mi piaceva e anche un testo molto bello. Con quella meditazione, terminai la preparazione della lezione che avrei tenuto.
La cosa incredibile è che la sera, prima di togliere il cd, riacceso lo stereo, riuscii ad ascoltare tutta la meditazione, sino alla fine e senza alcuna interruzione.
Il messaggio per me era che non si trattava di una meditazione adatta agli iscritti al mio corso: addirittura, dall'Alto hanno bloccato il cd tre volte per farmi capire che non era una meditazione per principianti.

Anche questo, conferma che siamo noi che, spesso, non capiamo i messaggi che ci vengono mandati o, almeno, non li comprendiamo immediatamente.

Un abbraccio mentre ero nel mio letto, nel luglio 2013

Una sera, durante il luglio del 2013, mentre ero coricata, in preda alla tristezza, piangevo per le esperienze non piacevoli avute durante la giornata.

Ad un certo punto, girandomi nel letto, sentii un braccio intrecciarsi con il mio e poggiarsi su di me. Qualcuno mi era a fianco, nel mio letto, per non farmi sentire sola. Capivo subito che gli *Esseri di Luce* si facevano capire: non piangere, stai tranquilla, noi ci siamo, si risolverà tutto.

La cosa straordinaria è che, diventatane consapevole, cercai di afferrare quel braccio ma, con la mia mano, lo attraversai, rendendomi conto che non era fisico, ma etereo. Fu incredibile.

Quel toc toc sulle spalle il 17 aprile del 2015

Alla sera, ho l'abitudine di leggere a letto: quando mi viene sonno, chiudo il libro e lo appoggio sul comodino. Feci così anche il 16 aprile del 2015. Ricordo che al mattino presto, mentre ero ancora tra il sonno e la veglia, di tanto in tanto, piangevo.

Ero giù di morale e mi chiedevo: *"perché, perché non me ne va bene neanche una? Ho avuto il risveglio spirituale, sto facendo di tutto quello che posso fare eppure, ancora, non mi va bene nulla"*. Stavo male.

All'improvviso, sentii sulla spalla sinistra, come punte di dita molto forte come a fare toc toc e, girandomi per guardare, subito, pensai: *"... ah, ho di nuovo una visita da "Su"!"*.

Subito dopo sentii, in comunicazione telepatica con un *Essere di Luce*, una voce che mi diceva: *«Ehi, non ti ricordi quello che hai letto ieri sera?»*. Immediatamente, capii a quale frase si riferivano quelle parole: *"trovare la gratitudine nelle difficoltà"*. Da *"Su"* volevano farmi capire che i miei pensieri negativi di tristezza, dimostravano che non ero sulla strada giusta. Dovevo riuscire a provare gratitudine per le lezioni che ricevevo, perché è grazie alle esperienze difficili che la nostra anima può evolversi.

Inoltre, gli *Esseri di Luce* volevano farmi notare la mia mancanza di fiducia nel divino e ricordarmi che *"Loro"* ci sono sempre vicini e che noi non siamo mai soli. Ma siamo umani, altrimenti non saremmo più qui per imparare!

In ogni caso, l'importante è che, nel momento in cui ci rendiamo conto di non essere più sulla strada del divino, cambiamo direzione per tornare di nuovo sulla strada giusta.

Tuttavia, più ne diventiamo consapevoli, più aumentiamo le nostre frequenze e la nostra vibrazione, e più cresciamo!

L'incontro con una signora in vacanza, il 21 aprile del 2018

La sera del 21 aprile 2018, rientrai a casa intorno alle venti, dopo aver fatto la spesa. Con tranquillità, mi tolsi le scarpe, indossai abiti comodi e cenai.
Finito di mangiare, accesi il computer per continuare a scrivere il mio libro ma, mentre cercavo di lavorare, una musica, proveniente dalla spiaggia, mi impediva di concentrarmi. Quella musica mi piaceva un sacco ma non
volevo interrompere il mio lavoro. *"No, non voglio andare fuori"*.
Finché mi metto le scarpe, mi ricambio ed esco, di certo, avranno finito di suonare.
Ma quella musica continuava e mi invogliò ad uscire.
Non riuscivo proprio a concentrarmi e mi resi conto che, forse, dovevo uscire per incontrare qualcuno. E cosi, andai fuori.
Tuttavia, passando da dove, secondo me, arrivava la musica, vidi che non c'era nulla di particolare: solo una persona che suonava ad un ristorante: per me niente di speciale.

Visto che ormai ero fuori, decisi di camminare un pò, *"forse incontro qualcuno, vedrò, e poi rientro"*, pensai.

Camminando lungo la spiaggia, notai un senza tetto che, parlava ad alta voce come se avesse un finto telefono in mano. Girandomi per guardare, incontrai lo sguardo di una signora che si trovava nei pressi: iniziammo a parlare e, subito, la conversazione cadde sulla spiritualità. Quella signora mi raccontò di essere lì in vacanza e che dieci minuti prima, guardando il mare e il cielo, aveva chiesto all'Universo di portare sul suo cammino una persona con cui poter parlare di quell'argomento: la spiritualità. Poi, aggiunse che, nel momento in cui mi aveva vista comparire, dietro all'uomo che parlava al finto telefono, aveva capito che io ero la persona che le era stata mandata ...

Com'è grande il potere dall'Alto!

Subito dopo la richiesta di quella signora, le *Entità di Luce* mi avevano fatto sentire quella musica, che mi dava gioia, per farmi uscire fuori, cosa che in genere non faccio così facilmente. Poi, la donna mi riferì una cosa che non sapevo: che le sette Isole delle Canarie rappresentano i sette chakra e, tra queste, le Gran Canarie simboleggiano il chakra della gola, dell'espressione: proprio qui ho scritto questo libro e tengo i miei corsi!

Dovremmo sempre seguire le nostre intuizioni.

Con il tempo, sono diventata sempre più consapevole di essere stata guidata anche prima del mio risveglio spirituale, come tutti. Pensavo che si trattasse di mie convinzioni ma, con l'esperienza, ho imparato che, quando i pensieri insistono nella nostra mente, si tratta di messaggi che vogliono guidarci.

A tal proposito, voglio riportare tre esempi.

Tanti anni fa, mentre stavo guidando, all'improvviso mi attraversò la mente il pensiero di rallentare e guidare molto, molto piano: assecondai quella sensazione.

Dopo pochi minuti, la mia auto ebbe un guasto ed io persi il controllo del volante: grazie alla velocità moderata, riuscii a portarmi sulla mia sinistra e fermarmi in un campo, invece di cadere nel canale pieno d'acqua, sulla mia destra.

Altro esempio. Una sera, rincasando in macchina da una riunione finita a tarda ora, pensai che, per maggior sicurezza, avrei dovuto chiudere bene le porte dell'auto e chiamare qualcuno per rimanere al telefono durante il tragitto. Avevo circa trenta minuti di strada da fare per arrivare a casa.

Non feci subito quello che mi ero proposta ma, visto che questi pensieri mi ritornavano alla mente, quando mancavano, ormai, solo circa sette minuti per arrivare, controllai le porte e telefonai ad un amico.

Un attimo dopo, davanti a me, scorsi una macchina nera con vetri scuri che andava a passa d'uomo, e al momento che ero proprio di dietro, questa si fermò in mezzo alla strada. Si aprirono entrambi gli sportelli di entrambi i lati e l'auto restò ferma lì. Capii che le intenzioni, di chiunque fosse in quell'auto, non erano buone. Pensai proprio che, la gente a bordo di quell'auto, avesse notato che stavo ricontrollando la chiusura delle porte della mia auto e che ero al telefono e, forse, anche che avevo riferito il numero della targa di quella macchina a qualcuno.

Anche in questo caso, il messaggio è quello di ascoltare la nostra voce interiore. Tutto si risolse nel modo migliore.

Ultimo esempio. Una sera ero fuori con amici. Al momento di tornare a casa, sentii che non dovevo andare da sola fino alla macchina.

In quel periodo, avevo già acquisito un pò di consapevolezza circa la mia bussola interiore e la mia intuizione si era fatta più viva, per cui chiesi agli amici di accompagnarmi fino all'auto, senza far parola dei miei timori. Tuttavia, lungo la strada, mi guardavo intorno: mi accorsi, molto chiaramente, di essere osservata da un gruppo di uomini che mi seguivano, a poca distanza.

Scherzando con chi era con me, arrivai alla mia auto e, controllate le gomme, chiusi tutti gli sportelli e partii. Sicuramente, riuscii ad evitare una situazione pericolosa.

Voglio proprio ribadire a tutte le persone che leggono queste pagine di dare sempre retta ai segnali interiori presenti in ognuno di noi.

Adesso mi rendo anche conto che, già in passato, gli *"Esseri di Luce"*, mi avevano allertata per scongiurare una truffa che sarebbe stata perpetrata ai miei danni: mi avevano inviato tanti segnali forti, ma io non ero stata pronta a capirli; avevo ancora troppo ego e vivevo ancora il ruolo della vittima e, di questo, in seguito, avrei patito le conseguenze.

CAPITOLO V

L'ESPERIENZA È FORTE QUANDO SI TRATTA DEI PROPRI FIGLI

Il grave incidente di mio figlio

Il 7 maggio 2016, ero nel nord Italia per tenere, durante il weekend, un corso per formare nuovi guaritori spirituali.

Durante il pomeriggio del sabato, spiegai ai partecipanti al corso che è molto più difficile praticare guarigioni sui nostri cari, perché è più complesso rimanere neutri e non avere emozioni di paura: la *"neutralità"* è la condizione necessaria per poter canalizzare le energie di guarigione.

Alla fine di questa prima giornata di corso, dopo aver cenato, accesi il mio cellulare e, oltre alle diverse chiamate perse, vidi un messaggio di Francesco, uno dei miei figli: *«David ha fatto un incidente in moto ed è stato portato via in elisoccorso: io lo sto raggiungendo. Appena so qualcosa, ti informo».*

Si riferiva al più grande dei miei figli e capii, immediatamente, che era grave, altrimenti non sarebbe stato portato via con l'elisoccorso.

Chiamai subito Francesco ed ebbi la conferma che, in seguito all'incidente, avvenuto verso le ore 16:30, il fratello versava in coma, nel reparto di rianimazione dell'ospedale dove era stato trasportato.

Prima di partire per raggiungerlo, feci a David una guarigione a distanza. Dopo aver guidato per circa due ore, arrivai a destinazione verso mezzanotte e non mi fu possibile parlare con un medico che fosse pienamente al corrente della situazione. Dovetti aspettare fino alla mattina seguente.

La cosa migliore da fare

Il giorno dopo, chiesi al medico della rianimazione quale fosse, in quel momento, il rischio maggiore per la vita di mio figlio e la risposta fu: *«Signora, più di tutte le fratture: spalla destra, una vertebra della colonna, il bacino, alcune costole rotte, ci preoccupano gli organi interni, soprattutto, per prima cosa il cuore, poi i polmoni entrambi contusi e perforati, e poi, anche il fegato ed i reni. Collegato alla macchina, suo figlio ha tutto quello che può aiutarlo e, adesso, possiamo solo sperare».*

E così, stavo lì, a fianco del letto di mio figlio: David era in coma e gonfio per le terapie farmacologiche somministrate ed immobile: sembrava morto.

Entrai in connessione con le *Entità di Luce* e chiesi loro cosa potessi fare in quel momento essendo una guaritrice spirituale.

La risposta che mi arrivò fu di allineare energeticamente la colonna vertebrale e dopo mettere i chakra's in equilibrio (questo avrebbe portato benefici perché avrebbe riequilibrato i chakra's ai quali tutti gli organi sono collegati).

Non ero da sola, lì in rianimazione, e non c'era spazio sufficiente per stare ai piedi del letto e poter eseguire quanto mi era stato suggerito.

Vista la situazione e l'urgenza, non volevo aspettare di arrivare a casa, alla sera, per poter fare questa guarigione a distanza: quindi, mi rivolsi ad un altro guaritore spirituale e gli mandai, al più presto, una foto di David che, così, poté ricevere subito l'allineamento della colonna vertebrale.

Più tardi, una volta arrivata a casa, feci una guarigione a distanza e messo in equilibrio tutti i chakra's tirai via qualche blocco.

Mi rendevo conto che, se fossi restata li a piangere, non avrei potuto aiutare energeticamente mio figlio: ero consapevole che era molto più utile parlare con il suo subconscio, fargli capire di stare sereno, che io ero al suo fianco e che lo amavo. Inoltre, era necessario praticargli la guarigione a distanza. Questo lo facevo sempre alla sera tardi, al mio arrivo a casa.

L'11 maggio, mi arrivò sul cellulare un messaggio, da parte di una mia conoscente che aveva saputo dell'accaduto, con la foto di un Santo: *Saint Charbel*, di cui non avevo mai sentito parlare.

Quella donna, dopo avermi spiegato che *Saint Charbel*, lavorando ancora molto con la Terra, compie anche guarigioni miracolose, aggiunse: *«Katrien, perché, tu che riesci ad entrare in contatto con gli "Esseri di Luce", non chiedi aiuto a questo Santo per tuo figlio, pregandolo di andare da lui e di guarirlo con un miracolo?»*.

Volendo seguire quel suggerimento, alla sera tardi, tornata a casa, feci una meditazione e cercai di entrare in contatto con l'energia di *Saint Charbel*: ad un certo punto, riuscivo a vedere il Santo di fianco alla spalla sinistra di David, scorgevo il suo corpo fisico sdraiato sul letto della rianimazione, e poi vedevo il corpo spirituale di mio figlio in posizione seduta. Subito dopo, sentii il messaggio di *Saint Charbel*: *«Non posso fare più nulla per tuo figlio: il suo spirito è già lontano in altre dimensioni ed è l'anima a decidere se volere rientrare nel suo corpo fisico oppure no.»*
A quel punto, cercai un contatto con l'anima di David e, quando ci riuscii, sentii che mi diceva: *«No mamma, lasciami in pace, non cercarmi»*.

Stavo male per la risposta ricevuta ma, allo stesso tempo, capivo che l'anima aveva bisogno di tempo per se stessa ed era giusto così: tempo per riflettere, per prendere una decisione, anche perché, decidere di tornare, per David avrebbe comportato il dover affrontare delle difficoltà. In quel periodo, nelle mie preghiere chiedevo agli *Angeli*, alle mie *Guide Spirituali* e ai *Maestri Ascesi* di aiutare l'anima di mio figlio a prendere la decisione migliore e, qualora avesse deciso di restare, di dare a mio figlio la possibilità di ricordare quell'esperienza di pre-morte perché avrebbe potuto favorire il suo risveglio spirituale dato che era molto scettico.

In verità, non era solo questo, ma si infastidiva parecchio quando sentiva parlare di questi argomenti.

Il 13 maggio, la situazione rimaneva estremamente critica e complessa. Intanto, mio figlio, da quell'altra dimensione, dava segnali sia a sua sorella che a un amico.

Come possiamo aiutare i nostri cari in ospedale

Il 16 maggio, un medico della rianimazione mi comunicò che, nonostante l'infezione e la criticità delle condizioni generali di David, l'intervento era stato programmato per il giorno dopo: sarebbe stato il primo ad essere operato, verso le otto del mattino. Non c'era altra scelta per potergli salvare la vita. Alla sera, da casa, ripulii a distanza la sala operatoria da tutta l'energia negativa. Poi, chiesi alle *Entità di Luce* di fare in modo che durante l'intervento, che mi era stato detto sarebbe durato circa sei ore, fossero presenti solo medici ed infermieri che svolgevano il loro lavoro con passione e con cuore, perché sapevo che questo contava molto per la riuscita dell'operazione: naturalmente, non voluvo nuocere ad alcuno e in nessun modo e perciò chiesi anche questo nella mia preghiera: *"pensateci Voi!"*.

La lezione ricevuta durante l'intervento

La mattina seguente, mi alzai prestissimo perché volevo essere sicura di arrivare in ospedale in tempo per esserci e parlare con l'anima di mio figlio prima dell'intervento.

Aspettai inutilmente l'arrivo di David davanti all'entrata della sala operatoria: tuttavia, non potevo andare in rianimazione a chiedere informazioni perché non volevo rischiare che arrivasse mentre io mi ero allontanata.

Passò quasi un'ora prima che riuscissi a vedere arrivare il letto con la bombola di ossigeno e un medico a fianco di David. Quasi non riconoscevo mio figlio. Mi avvicinai ma il medico mi bloccò: *«Signora, Suo figlio non può sentirla, è molto sedato e, comunque, non abbiamo tempo».*

Quando furono entrati in sala operatoria, mi allontanai per andare alla mia macchina: lì mi connessi e praticai una guarigione a distanza.

Per prima cosa, mi occupai di connettere tutti i medici e gli infermieri, uno per uno, con le *Entità di Luce*, poi, di connetterli fra di loro e, infine, di connettere tutti loro con l'anima di David.

Terminata questa connessione, per tre ore canalizzai energia di guarigione e mandai Luce e Amore incondizionato a tutti e a tutto, compresi monitor, bisturi e tutti i ferri.

Tra le dodici e le dodici e trenta, tornai in ospedale e mi recai alla sala d'attesa della rianimazione.

Poco dopo, mi chiamò una dottoressa che mi spiegò cosa stesse accadendo: *«Stamattina non abbiamo portato subito suo figlio in sala operatoria perché la situazione era molto critica: respirava male e abbiamo deciso di aspettare, altrimenti avrebbe potuto non farcela»*. Poi, aggiunse: *«Tuttavia, verso le nove la situazione si è un pò stabilizzata e, dopo esserci consultati, tra noi medici, abbiamo deciso insieme che il ragazzo doveva essere ugualmente operato. Per non correre rischi, l'abbiamo portato giù utilizzando le bombole d'ossigeno della rianimazione, che sono migliori di quelle della sala operatoria. Ma ripeto, la situazione resta molto grave»*.

In quel momento, percepii soprattutto una cosa: la dottoressa mi stava dicendo che c'erano molte probabilità che mio figlio non superasse l'intervento.

Uscii dall'ospedale e tornai alla macchina. Lì ebbi un crollo e scoppiai in un grande pianto ma, dopo una quindicina di minuti, cominciando a riflettere, realizzai che, così facendo, non stavo aiutando David.

Mi ripresi e, di nuovo, entrai in connessione e ci rimasi per altre due ore di guarigione a distanza. Mi sembrava di percepire l'anima di mio figlio nel suo corpo.

Dopodiché, tornai alla sala d'attesa dell'ospedale, per aspettare notizie.

Finalmente, mi si avvicinò un medico che mi aggiornò: *«L'intervento è andato bene e fra poco riportano suo figlio qui in rianimazione».*
Che buona notizia!

Nel frattempo vidi arrivare il letto con David accompagnato dal chirurgo e da un altro medico.
Mi venne riferito che sarebbe stato subito sistemato in rianimazione e che dopo sarei potuta entrare per sedermi un pò vicino a lui.

Il chirurgo stava andando via ma dalle mie *Guide Spirituali* mi arrivò il suggerimento di chiedere anche a lui informazioni sull'intervento.

Lo chiamai subito: *«Dottore, mi scusi, vorrei farle una domanda. So della situazione e so perché mio figlio non è stato operato per primo, come invece era previsto, ma vorrei chiederle un'altra cosa: viste le sue condizioni, quante volte si sono verificate situazioni allarmanti durante l'operazione?».*
La risposta fu: *«In sei ore d'intervento suo figlio, inaspettatamente, ha fatto sempre il bravo e non ha dato nessun segnale preoccupante: è andato tutto bene».*

Ringraziai il medico e lui se ne andò.

Subito dopo *"Loro"* mi ricordarono la mia richiesta: «*Ehi, non ti ricordi cosa hai chiesto ieri sera? Fate quello che volete ma fate in modo che, per la riuscita dell'intervento, in sala operatoria ci siano solo persone che lavorano con il cuore*».

Così, capii tutto: gli *"Esseri di Luce"* piuttosto che creare difficoltà da parte del personale (io non avrei voluto nulla del genere), avevano, momentaneamente, creato complicazioni a mio figlio, per poter esaudire la mia richiesta.

Imparai una bella lezione e compresi che a mezzogiorno, mentre mio figlio era in sala operatoria, avevo perso il controllo di me stessa *"non ero nel mio potere"*, avevo paura di perdere mio figlio, e poiché le paure fanno parte dell'ego di ognuno di noi, in quei momenti non ero connessa con l'Amore Incondizionato.

Il 20 maggio, ero sicura che l'anima di mio figlio, dopo un viaggio molto lungo, fosse rientrata nel suo corpo fisico, e tre giorni dopo, ne ebbi la conferma: quando chiesi a mio figlio di stringermi la mano se mi avesse sentito, lui lo fece. Che gioia!

"Visita" di una Entità di Luce in ospedale

Da quando era avvenuto l'incidente e fino al 10 giugno, la radiografia del torace indicava che i polmoni rimanevano ancora il problema principale per mio figlio: perciò, quasi tutte le sere, rientrata a casa, anche se era tardi ed ero stanca, non mancavo di fargli guarigioni a distanza, fino a quando non crollavo per l'affaticamento.

Tuttavia, non capivo, esattamente, quale guarigione fosse più adatta per migliorare, quanto prima, le condizioni dei polmoni.

Perciò, mi rivolsi alle *Entità di Luce* e chiesi a loro come fare ad essere un canale puro e poter aiutare mio figlio: chiesi cosa potessi fare, se mutare le cose fatte o cambiare modalità.

La mattina del 10 giugno, in ospedale, come tutti i giorni, insieme ad altre persone, ero in attesa che venissero aperte le porte per poter far visita, per un'ora, ai nostri cari.

Mentre aspettavamo, dal fondo del corridoio, vidi avvicinarsi un lettino con una persona anziana, spinto da un'infermiera di statura bassa e con capelli scuri e corti.

Capii che l'infermiera si rivolgeva a me e con alta voce, mi parlò di cristalli. Mi diceva: *«il cristallo è molto, molto potente»* e lo ripeteva.

Toccai la mia collana, che aveva un piccolo ciondolo di cristallo, e pensai che io non usavo quel cristallo durante la guarigione.

Mi sentivo un pò confusa e, forse, imbarazzata perché quell'infermiera mi parlava ad alta voce e tutti potevano udirla.

Nel momento in cui l'infermiera mi passò davanti, mi avvicinai a lei e le sussurrai all'orecchio : *«Io sono una guaritrice spirituale»* e lei, di nuovo, ad alta voce: *«Sì sì, lo so, si vede da lontano».*

Restai lì, stupita da quelle parole, mentre lei, con il lettino, entrava nel reparto di terapia intensiva e la porta si chiudeva.
Anche se, ormai, mancava pochissimo all'orario di visita, cercai quell'infermiera, ma non la trovai da nessuna parte. Continuavo a pensare perché mi avesse detto: *«Sì, sì, lo so, si vede da lontano».*

Alla sera, al telefono, raccontai l'accaduto ad una mia conoscente, che mi chiese: *«Sei proprio sicura che gli altri abbiano sentito parlare quell'infermiera?*

Non è che la vedevi e sentivi solo tu?». In effetti, non avevo pensato a quell'eventualità e le risposi che probabilmente aveva anche ragione perché la situazione era davvero molto strana.

Pensai che, all'indomani, avrei potuto chiedere alla signora che era vicino a me se si ricordasse dell'infermiera che era passata con il letto e che mi aveva parlato ad alta voce.

Feci così ma, alla mia domanda, quella signora cadde dalle nuvole: non ricordava neppure che fosse passato qualcuno.

Dopo questa conferma, ricevetti un messaggio per via telepatica: *«Hai capito adesso: devi usare il cristallo durante le guarigioni per far guarire i polmoni di tuo figlio»*.

Non avevo capito che l'apparizione della strana infermiera era stata un modo per rispondere alla mia domanda relativa a che tipo di guarigione fare per poter aiutare, nella maniera migliore, i polmoni di mio figlio a guarire.

Credo sia superfluo dire che, quel venerdì sera, appena arrivata a casa, feci la guarigione usando il cristallo. Il sabato sera ero troppo stanca per farne un'altra, ma la domenica la ripetei sempre con l'uso del cristallo.

Mio figlio ricomincia a respirare autonomamente

Il 15 giugno, durante l'orario di visita dei parenti, entrò in camera di mio figlio una dottoressa che spiegò, a David e a me, che voleva provare a sostituire il tubo tracheale per la ventilazione meccanica con uno più sottile: si trattava di un passaggio normale per poi arrivare ad eliminare l'intubazione, quando i polmoni avessero ripreso a funzionare autonomamente.

Con gentilezza, ci assicurò che non dovevamo temere nulla né essere preoccupati perché, mediante prelievi di sangue arterioso avrebbero controllato la quantità di ossigeno nel sangue e, comunque, avrebbero monitorato la situazione.

Aggiunse che, qualora si fosse ripresentata l'insufficienza respiratoria, avrebbero reinserito il tubo di diametro maggiore per il tempo necessario, ma era intenzionata a provare. Mi fece uscire dalla camera.

Dopo una quindicina di minuti, mi fu permesso di rientrare e mi accorsi, immediatamente, che David, alla gola, aveva solo un cerotto. La dottoressa, rivolgendosi a me, mi comunicò soddisfatta: *«Suo figlio respira meglio di me. Guardi, arriva il cento per cento di ossigeno nel sangue. Così, lo abbiamo accontentato e abbiamo eliminato l'intubazione».*

Mio figlio poteva di nuovo parlare. Che gioia! Nei giorni seguenti, mi raccontò anche qualcosa della sua esperienza di pre-morte.

L'incidente di mio figlio mi ha aiutata a crescere spiritualmente ancora di più e ad aumentare la mia consapevolezza, mi fece prendere più coscienza di come riceviamo aiuto dalle *Entità di Luce*; come loro possono comunicare con noi, finché non riusciamo a capire, come ci possono aiutare, della loro grandezza e di come possano fare qualsiasi cosa.

Io sono un essere umano come tutti, non credo di avere qualità straordinarie, siamo sullo stesso piano e tutti siamo qui per evolverci. Quello che faccio io, potrebbe farlo chiunque lo volesse. Tutti possono pregare, tutti possono chiedere aiuto agli *Esseri di Luce* affinché si prendano cura di noi nel migliore dei modi.

Durante i miei corsi ho constatato che nessuno deve possedere requisiti particolari per imparare a fare i trattamenti energetici e per praticarli.

Tutti possiamo essere un canale di guarigione.

CAPITOLO VI

MAESTRO GESÙ

Maestro Gesù

Era ancora presto, quella mattina del 18 settembre del 2014, ed io ero ancora a letto quando, all'improvviso, fu come avessi visto Gesù a circa tre metri da me. Lo vedevo in una veste bianca e rossa e un pò più giovane di come lo conosciamo dalle immagini, non mi disse nulla ma le sue mani si allungarono verso di me come per invitarmi a seguirlo, nel senso di lavorare con la Luce e con Amore. Ero confusa ma sentivo pace in me.

"Non può essere… non può essere! Qui, su questa terra, siamo tutti grandi peccatori!"

Ovviamente, non mi aspettavo una cosa simile ma ricordo di aver pensato questo invece di ringraziare o di porre delle domande.

"Maestri Ascesi e gli Angeli non reagiscono come facciamo noi, qui sulla terra".

E mi ripetevo ancora.

"I Maestri Ascesi e gli Angeli non reagiscono come facciamo noi, qui sulla terra. Un grande Maestro Spirituale come Gesù, almeno io vedo Gesù in quel modo, senza pensieri di rabbia o negatività verso gli altri, ogni piccola parte del suo pensiero proviene dall'Amore incondizionato."

Continuai a riflettere, fra me e me, in questo modo.
"Se stiamo attenti e controlliamo i nostri pensieri, ci rendiamo conto che il nostro giudizio nei confronti del prossimo e molti altri sentimenti non sono così lodevoli. Quanti nostri pensieri sono lontani dall' Amore incondizionato: decisamente troppo lontani. Abbiamo ancora molto da lavorare su noi stessi. Credo che abbiamo cosi tanto da lavorarci, che non dovrebbe rimanerci più tempo per il giudizio sugli altri." Queste erano le mie considerazioni.
Quella mattina rimase dentro di me una grande pace.

L'aiuto chiesto a Gesù

Nel giugno del 2017, sentivo molto il bisogno di pregare. Avevo tante domande alle quali avrei voluto risposta e ad una, in particolare, che mi facevo più spesso: continuavo a domandarmi come avesse fatto *Gesù* a compiere guarigioni miracolose e come, io e gli altri guaritori, avremmo potuto fare di più per le persone durante il trattamento energetico.

Nella mia preghiera mi rivolsi a *Gesù* per chiedergli il Suo aiuto. Sentivo di accendere il mio computer, di andare su YouTube e digitare *"Canalizzazione Gesù"*. Quella sera, mi apparve solo un video in inglese, con traduzione in olandese: lo ascoltai, seguendolo con attenzione fino alla fine, ma non ricevetti risposta alle mie domande.

Notai un link, nella pagina subito sotto il video, ma ero troppo stanca per verificarne il contenuto, così chiusi il computer e andai a letto. La sera successiva mi rivolsi, di nuovo, a *Gesù* chiedendogli di aiutarmi perché non avevo capito e non avevo ancora nessuna risposta alle mie domande. Di nuovo sentii di aprire il mio computer, andare su YouTube e digitare *"Canalizzazione Gesù"*.

Al secondo tentativo, saltarono fuori tanti video: ne aprii uno e, in basso, notai lo stesso link visto la sera prima.Entrai in quel sito web e vi trovai le nove, lunghe, lettere di *Gesù*.

Leggendo, appresi che esse erano un'emanazione di *Gesù*, canalizzato da una mente ricettiva che egli stesso aveva scelto e preparato per quarant'anni, allo scopo di rettificare le interpretazioni erronee date ai suoi insegnamenti relativi al periodo in cui era in Palestina a raccontare le sue verità.

Feci subito il download dei files e stampai le lettere per iniziare a leggerle: posso dire di aver trovato in esse tutte le risposte alle mie domande!

Ribadendo che il libro o le nove lettere non hanno nulla a che fare con religioni o con qualche tipo di dogma. Sento solo di dovere precisare che sto semplicemente raccontando le personali esperienze vissute durante il mio cammino di crescita spirituale. Non nego di aver avuto inizialmente qualche perplessità e qualche dubbio sull'autenticità delle nove lettere, tuttavia i miei dubbi svanirono man mano che le leggevo, anche a seguito dell'episodio di cui riferisco nel prossimo paragrafo.

L'attacco dall'oscurità

Quando compresi queste lettere, mi resi conto della loro importanza soprattutto per aiutare noi stessi e gli altri. In esse vengono anche spiegati i veri processi della creazione e perché sia molto importante prestare attenzione ai nostri pensieri e alle nostre parole. Inoltre, é indicato come evolversi spiritualmente ed arrivare ad uno stato *"armonioso e benedetto"* dell'esistenza in cui tutte le cose sono fornite in abbondanza.

Iniziai ad inviare queste lettere a tutte le persone che avevano seguito un mio corso. La sera del 19 giugno mi rivolsi a Gesù dicendo che intendevo provare la meditazione consigliata, per aiutare a portare la pace nel mondo, spiegata nelle Sue lettere.

Poco dopo la mezzanotte andai a letto. Avevo, appena, chiuso gli occhi, quando sentii una voce che mi diceva: *«Apri la porta, c'è qualcuno per te»*. Istintivamente, risposi che non lo avrei fatto. Infatti, durante l'apparizione dei *Maestri Ascesi* o *Esseri di Luce* avevo sempre avvertito amore e pace interiore: questa volta non era così.

Quella voce mi rispose: *«Allora, apro io per te!»*

Subito dopo, vidi passare, attraverso la porta, un'entità che sembrava indossare qualcosa di simile ad una tonaca marrone e che aveva un cappuccio in testa: si girò un pò di fianco e mi guardò in modo ostile.
Ebbi paura ma, dentro di me, cominciai a ragionare.

"Perché ho paura? Io lavoro con la Luce e la Luce non deve avere paura del buio".

Poi, rivolgendomi, a quell'entità dissi: *«Gesù Cristo è con me»*.
Alle mie parole, quella figura si girò ancora di più verso di me e la mia paura aumentò: ero, davvero, molto spaventata. Di nuovo, nei miei pensieri la stessa domanda:
"Perché ho paura? io lavoro con la Luce e la Luce non deve avere paura del buio".

Poi, per la seconda volta e in modo molto più chiaro, ripetei: *«Gesù Cristo è con me»*.

A quel punto, l'essere si adirò di più: mi si avvicinò e mi afferrò entrambi i polsi per tenermi ferma, sentii battere il mio cuore a mille per la paura ed ancora mi feci la stessa domanda.

"Perché ho paura? io lavoro con la Luce e la Luce non deve avere paura del buio... Io non devo avere paura... Io lavoro con la Luce e la Luce non deve avere paura del buio".

Questo continuavo a ripetermi mentre cercavo di non avere paura. Poi, ancora una volta, ma in modo più deciso e più convincente, ripetei: *«Non hai capito? Gesù Cristo è con me»*.

Nel momento in cui dissi, per la terza volta, *«Gesù Cristo è con me»*, quella figura lasciò i miei polsi e se ne andò. Che spavento! Tirai un grande sospiro di sollievo.

Che strano, ho detto *"Gesù Cristo"* ma, normalmente, dico *"Gesù"*. Non ho mai usato il nome *"Gesù Cristo"*.
Feci questa riflessione mentre mi alzavo per andare in bagno. Dopodiché, ritornai a letto e mi addormentai.

Al mattino, appena sveglia, subito, mi ritornò lo stesso pensiero: perché ho detto *"Gesù Cristo"* e non, semplicemente, *"Gesù?"*

Durante la mattinata, sentendomi al telefono con una signora che aveva seguito un mio corso, le raccontai della mia ultima esperienza spirituale, senza nascondere che, questa volta, avevo avuto davvero paura. La signora mi chiese se sapessi che tanti Santi, come *Padre Pio* e altri, erano stati attaccati dall'oscurità. Non ne sapevo nulla.

Incuriosita, cercai qualcosa al riguardo su internet e trovai un articolo che sentii proprio di dover leggere. Poiché nulla succede per caso, alla sera, la signora cui avevo raccontato la mia esperienza, mi mandò lo stesso link che avevo trovato io durante la mattinata: dovevo proprio leggere quell'articolo ma, con la nuova consapevolezza che avevo acquisito, non avevo più paura. Nel pomeriggio, raccontai al telefono, anche ad un'altra signora che aveva seguito il mio corso, l'esperienza, poco piacevole, avuta durante la notte. Questa, mi sorprese dicendo: *«Che bello Katrien, che bell'esperienza».*

Stupita, le chiesi cosa non avessi capito e lei mi spiegò: *«E' stato Gesù che ti ha suggerito di dire "Gesù Cristo è con me". Che bello, Lui era già dentro di te e tu l'hai riconosciuto»* ed, infine, per chiarirmi il senso, aggiunse: *«Significa che Gesù Cristo, alla terza volta che lo hai nominato, ha sconfitto il male».*

CAPITOLO VII

GLI ESSERI DI LUCE MI AVVISANO: L'ANIMA DI MIO FIGLIO VUOLE TORNARE A CASA

Come sono stata avvisata

La mattina presto del 10 febbraio 2018, ero ancora a letto, in uno stato di dormiveglia, quando mi venne alla mente il ricordo di un luogo, di cui avevo appena avuto la visione in sogno: c'era stato un incidente ed io mi aggiravo lì, cercando mio figlio David. Ad un certo punto, sentii, molto chiaramente, una voce che mi diceva: *«Non devi più cercare tuo figlio, lui non è più qui, lui è una delle sei persone coinvolte»*. Capivo che quelle parole volevano dirmi che mio figlio era morto.

Mi svegliai del tutto. Ero, perfettamente, consapevole che gli *Esseri di Luce* mi avevano appena avvisata che mio figlio avrebbe avuto un altro incidente e che, questa volta, non sarebbe sopravvissuto all'evento. Stavo, veramente, male per questo avvertimento, provavo un dolore straziante.

Volli canalizzare per domandare se potessi fare qualcosa per evitare che accadesse l'irreparabile, ma non mi giunse nessuna risposta. Sappiamo bene che bisogna rimanere neutrali per *"ricevere"* ma, come in questo momento, ero troppo coinvolta emotivamente e non mi era possibile.

Telefonai a suo fratello che viveva con lui, per sapere come stessero e se fossero a casa in quel momento. Dopo essere stata rassicurata, iniziai a raccontargli l'accaduto e, quando ebbi finito, mio figlio mi confidò: *«Sai mamma, ultimamente, ho la sensazione che David avrà un altro incidente ma cerco di non pensarci, di ignorare questo pensiero».* Sapevo, perfettamente, che le sue *Guide Spirituali* lo avevano avvisato.

Subito dopo, telefonai ad una mia amica che canalizza e che esegue la scrittura automatica per chiederle di poter avere, subito, una canalizzazione per sapere se potessi fare qualcosa per evitare che accadesse quanto mi era stato preannunciato e, in caso affermativo, cosa. La risposta che ricevetti dagli *Esseri di Luce* fu questa:

«Sì, il sogno di Katrien e la sensazione del fratello sono corrette. Lui non è consapevole ma la sua Anima è rimasta ammaliata dalla nuova "Casa" alla quale

si è affacciato (n.d.r. durante la sua esperienza di pre-morte, di quasi due anni prima). Stava bene là. Qui non ha prospettive o, meglio, crede di non averne, non ha qualcuno o qualcosa per cui combattere, se non per la sua famiglia e i suoi cari e, così, si crea le condizioni per poterlo far accadere. Non è razionale, lui quasi non lo sa, non se ne rende conto, ma la sua Anima ha provato e non ha paura. Gli serve un motivo per combattere, per restare, per lottare: la sua missione, l'amore, la sua meta. Quello che possono fare per cercare di trattenerlo è offrirgli possibilità, opportunità. La sua Anima ha tanta voglia di andare. Che vada da Katrien, il prima possibile. Non si facciano colpe se dovesse accadere. Non è colpa loro. I tempi stringono. Con Amore.».

Questo messaggio è stato per me una prova molto dura: pur sapendo che, per me, era una lezione, confesso che è stata la più forte e difficile di questa vita.

Quella mattina, scoppiai a piangere più volte e anche qualche volta nei giorni seguenti.

Quanto accaduto era anche uno specchio per me e mi fece capire che, nel mio subconscio, avevo un blocco, un trauma non superato: l'incidente di mio figlio.

Cosa fare

Non c'è bisogno di dire come mi sentissi dopo aver letto la canalizzazione. Ero a pezzi ma anche consapevole che, in quello stato, non sarei stata di alcun aiuto a mio figlio.

La sera stessa, riuscii ad operare una guarigione a distanza e a connettermi con l'Anima di mio figlio, chiedendole di rinunciare al suo proposito di tornare a *"Casa"*. Cominciai a darmi da fare.

Avvertivo, distintamente, che le *Entità di Luce* mi stavano guidando. Sapevo che la cosa migliore da fare era quella di andare, al più presto, in Italia per portare mio figlio con me, all'estero, almeno per il tempo di una vacanza: e così feci. Presi un volo per l'Italia ed andai dai miei figli. Tuttavia, sarei ritornata da sola, perché David, per suoi impegni, non poteva partire con me. Ebbi, comunque, da lui una promessa confortante: mi avrebbe raggiunta dopo una settimana.

La sera prima della partenza, programmata per il 2 marzo, ricevetti da mio figlio un sms in cui mi diceva che da lui stava nevicando. Gli risposi quello che sentivo come un messaggio: *«Per il volo andrà tutto bene ma dovete partire da casa prestissimo, già alle sette di domattina».*

La mattina seguente, alle ore 7:48, mi arrivò questo messaggio: *«L'autostrada per Bologna è chiusa, sono a Reggio Emilia ma è chiusa anche qui. Adesso dobbiamo tornare indietro e cambiare strada».*
In quel momento, sentii un avvertimento da parte delle mie *Guide Spirituali*: *«Se tuo figlio non prende il volo adesso, non viene più».*

Mi staccai subito dai miei impegni e, entrata in meditazione, feci quello che sapevo di dover fare. Sapevo, esattamente, che dovevo fare in modo che il volo partisse, per far sì che mio figlio arrivasse da me. Subito dopo, da mio figlio, cominciarono ad arrivare messaggi rassicuranti: *«Ho passato i controlli»*, *«Sono salito sull' aereo»*, *«Sto per partire».*

Qualche ora dopo, ero all'aeroporto ad attendere l'arrivo di David.

Durante l'attesa, incontrai *"per caso"* (sappiamo che non accade nulla per caso) una vecchia amica che, dopo avermi spiegato che stava aspettando sua figlia, aggiunse: *«Lo sai che da ieri sera stanno cancellando quasi tutti i voli? Stamattina lo hanno fatto anche per quelli diretti qui. Sono stati cancellati per il brutto tempo, ma, all'ultimo momento, grazie ad un antigelo, hanno rimesso in funzione qualche volo e, tra questi, quello che hanno preso i nostri figli!»*

Poco dopo arrivò mio figlio che, subito, affermò: *«Mamma, se non avessi preso questo volo, non ne avrei prenotato un altro, sarei venuto molto più avanti, forse nell'inverno o non so quando»*. Potei rispondergli solo: *«Lo so»*.

Durante la vacanza, parlai con David e gli raccontai tutto: della visione che avevo avuto e della canalizzazione. Ebbi, così, modo di spiegargli e di insegnargli diverse cose. Parlammo anche della sua esperienza di pre-morte e, partendo da quell'esperienza, potei chiarirgli meglio il significato di tutto questo per lui. Gli feci capire come poteva influenzare il suo subconscio e come poteva fare per rimanere qui sulla terra.

Cercai di fargli comprendere quanto sia bella la vita e che, anche lui, avrebbe potuto fare ancora tante cose, per aiutare l'umanità: volevo che, rientrando a casa, sapesse come fare per essere protetto e chiedere aiuto agli *Esseri di Luce*.

Sentivo che toccava a lui decidere. Ma era più forte di me: non riuscivo a rimanere inerte. Continuavo ad operare protezioni su di lui e a lavorare per lui, a distanza.

Un'altra lezione molto importante

Il 20 aprile, lessi in internet, per la prima volta, l'esperienza di pre-morte di *Mellen Thomas Benedict*. Sentivo che la mia *Anima* voleva leggere tutto: sentivo come una chiamata molto forte, nonostante, avessi già letto e sentito molte volte di queste esperienze.

Mentre leggevo partecipavo emotivamente molto bene, soprattutto nella parte in cui si parlava dello stato di estasi, avendola sperimentata personalmente nel 2013. Continuai a leggere e provai sempre più pace e amore incondizionato, sentivo aumentare le mie vibrazioni.

Ero molto vicina a sperimentare, nuovamente, lo stato di estasi.

"Cosa devo capire? Perché sono stata portata fin qui?"

In quel momento sentivo che gli *Esseri di Luce* aumentavano le mie vibrazioni e la mia consapevolezza; ricevetti la risposta alle mie domande:
«Il vero Amore è dare la libertà.»

Sapevo che si trattava di dare la libertà all'Anima di mio figlio, che poteva anche decidere di tornare a *"Casa"*.

Purtroppo, non avevo nessun diritto di fermare l'Anima di David, di impedirle di entrare in una dimensione cosi grande, di trattenerla dal tornare a *"Casa"* per evolversi. Penso che umanamente nessuno può descrivere quella pace e la grandezza di quell'Amore incondizionato.

Ma la ragione di ciò che stavo sperimentando era, quello, di darmi una nuova lezione, con l'intento di eliminare i miei blocchi e le mie paure di perdere mio figlio o, più precisamente, il suo corpo fisico. Dovevo imparare a non rimanere sempre attaccata, con i pensieri, a mio figlio e ai miei timori per lui: questo non era bene, né per me né per lui.

Poiché la nostra mente ha un grande potere. Così facendo, non aiutavo neppure lui.

Gli *Esseri di Luce* mi aprirono gli occhi, facendomi capire dove stavo sbagliando: non dovevo mandare energie alle cose che non volevo!

Sono consapevole che da quando ho ricevuto la visione durante la quale sono stata avvisata del desiderio dell'anima di mio figlio di tornare a *"Casa"*, ho cercato, quasi ogni giorno, di proteggere energeticamente David e di parlare con la sua Anima per convincerla a rimanere qui, con la speranza che, in questa vita, imparasse le sue lezioni a compimento della sua missione.

Compreso che non avevo il diritto di fermare l'Anima di mio figlio, provai Pace interiore e, al contempo, un grandissimo dolore per la paura della perdita: però, maturai la consapevolezza che dovevo imparare a staccarmi da questi pensieri, che anche questo faceva parte della mia evoluzione e che era la cosa giusta da fare.

L'avviso delle *Entità di Luce* era soprattutto per me, per permettermi di salire un ulteriore gradino dell'evoluzione della mia anima.

Conscia di questo, mi connessi, nuovamente, con l'Anima di mio figlio, chiedendo perdono per tutti gli errori compiuti, consapevolmente o meno, esternando tutto l'amore che provavo per lui e lasciandolo libera di operare le proprie scelte e di sperimentare ciò che voleva. Poi, pregai gli *Angeli* affinché aiutassero la sua Anima a fare la scelta migliore per se stessa.

Dopo due giorni, il 22 aprile, durante una canalizzazione che stavo facendo per me stessa compresi, tramite la scrittura automatica, che l'anima di mio figlio aveva deciso di rimanere ancora qui. La mia felicità fu indescrivibile!
Cosi capii che non dovevo vivere nella paura perché questa avrebbe dato più energia proprio alle cose che non volevo: il risultato fu l'immensa gioia di avere ancora mio figlio fra noi!

CAPITOLO VIII

PRINCIPI FONDAMENTALI PER EVOLVERSI E COME METTERLI IN PRATICA

Fino ad ora ho parlato di alcune esperienze personali. Ho imparato molto dallo stato di estasi dove fui elevata ad altre dimensioni di percezione e di consapevolezza e dove sentivo solo vibrazioni d'amore e una pace profonda, cioè la sensazione di amore puro, senza interessi. Anche se già, dal contatto avuto con mio padre avevo compreso che c'è un'altra vita dopo questa, ho constatato che in questo *stato di estasi* vedevo e comprendevo molto di più. Capivo che siamo tutti fratelli e sorelle; che siamo un tutt'uno e che siamo immortali!

La cosa che mi colpiva di più, era che vedevo l'interno di tutto ciò che mi veniva mostrato!

Le cose materiali non hanno importanza: quello che conta è ciò che facciamo, o meglio, come ci comportiamo qui, sulla Terra!
Avevo imparato a non essere preoccupata per la casa ed accettare i tempi dolorosi che avevo vissuto.

Capivo che essere vivi sulla Terra rappresenta un importante passaggio per evolversi.

Per ciò voglio scrivere cosa ritengo sia la cosa migliore per progredire e trasformarsi, con lo scopo di non ritornare ogni volta indietro sulla Terra per affrontare le difficoltà, visto che il ciclo della reincarnazione per ciascuno di noi durerà fino a quando non avremo imparato le nostre lezioni, e risolto le antiche questioni karmiche!
Sono convinta quindi che sia meglio imparare in questa vita, finché abbiamo tempo! Però possiamo scegliere, di non progredire e restare chiusi nel proprio Ego! Ma è giusto sapere che torneremo qui, sempre e di nuovo, finché, in una vita o in un'altra, non ci stancheremo delle solite difficoltà ed inizieremo invece a porci le domande più importanti! A quel punto saremo così maturi da poter crescere spiritualmente!

Siamo pronti a lavorare su noi stessi, tutti i giorni ed ancora ed ancora?

Quando l'anima si sarà liberata da tutte le illusioni, entrerà nella Luce e sarà connessa alla Fonte. A quel punto, una volta presa coscienza dell'Amore Incondizionato, non sarà più necessario una nuova reincarnazione!

Se ricordate, quando ho chiesto agli *Esseri di Luce* di indicarmi un libro per imparare ad evolvermi, la prima cosa da sapere è: come perdonare dal più profondo del cuore. Non perché a coloro che vogliamo perdonare dobbiamo dare un premio per averci fatto del male, ma bensì per fare un regalo a noi stessi! Perdonare è anche lasciare andare il passato per quello che è stato. Accettiamo quello che è adesso, perdoniamo noi stessi e attraverso il perdono potremo vivere nella gioia del presente.

Perdonare quello che è successo nella nostra vita non è sempre facile e si riesce a farlo solo gradualmente. Per esperienza personale posso garantirvi che quando ci si riesce il risultato che si ottiene è un gran bene!

Siamo tutti in grado di perdonare, di elevarci a qualsiasi livello spirituale di coscienza in cui ci troviamo attualmente.

Non solo dobbiamo imparare a perdonare, ma anche ad amare le persone che ci hanno fatto del male, coloro che ci hanno fanno saltare i nervi. Sono loro i nostri Maestri più grandi! Sono proprio loro che ci stanno aiutando a sanare il nostro karma negativo! Ammesso che, realmente, vogliamo imparare le nostre lezioni.

Per cui meglio perdonare gli altri e noi stessi e accettare la vita per quello che è scegliendo di essere felici! Volere imparare dalle nostre lezioni significa voler uscire dal nostro ego. Tutti siamo spinti dal nostro ego per cui tutti abbiamo bisogno di lavorare su noi stessi, nessuno escluso.

Finché non saremo liberi da emozioni negative, come la rabbia, la tristezza, la vendetta ed il giudizio negativo, non faremo che rimanere prigionieri delle nostre stesse illusioni, del nostro ego, che ha il potere su di noi.
Fino a quando questo non accadrà, il nostro cuore non sarà libero e non guarirà mai. Per cui finché porremo il focus sui nostri problemi e sugli episodi del nostro passato, cioè i nostri *"blocchi"*, ci sarà poca evoluzione. Posso solo incoraggiarvi a non fermarvi mai!

Consigliabile è fare di tutto per superare qualsiasi difficoltà, per rimanere connessi con la nostra Luce interiore, cioè con l'Amore.

Come detto in precedenza torneremo al punto di partenza fino a quando non avremo imparato la lezione. Per cui, finchè rimarremo aggrappati alle paure, ai sensi di colpa, al possesso e alla rabbia, il dolore sarà inevitabile e la legge cosmica agirà!

Non per farci stare male, ma per aiutarci, offrendo nuove situazioni per evolverci; mai per distruggere o aggravare la situazione. Si devono accettare e desiderare davvero i cambiamenti.

C'è chi tra noi rimane fedele al proprio ego cercando di resistere ed impedendo il fluire con il Tutto e con il cambiamento. La paura e la resistenza del nostro ego è l'opposto dell'Amore!

Amore è libertà. E quando siamo liberi, come più volte sottolineato, non è più necessaria una nuova reincarnazione per imparare le nostre lezioni.

È importantissimo per la nostra evoluzione, allontanarci dalla rabbia, dalla tristezza, e così via, poiché questi blocchi prima o poi si sfogano nel corpo fisico e si manifestano in malesseri o malattie. Lo stress è il nemico più grande della salute psico-fisica ed è necessario guarire prima il nostro cuore tramite il perdono e anche che questo sentimento scaturisca dal cuore!

Un esempio di quanto appena detto: abbiamo tutti sentito parlare di persone a cui è stato diagnosticato un tumore terminale.

Ognuna di loro reagisce in modo diverso.

Ma sono proprio quelle persone che si staccano dal passato, da tutti i pensieri, dalla tristezza e dalla rabbia, che riusciranno realmente a perdonore e saranno capaci di vivere ogni giorno come fosse il migliore: una vita piena di gioia! Sono loro che grazie a questo atteggiamento, la migliore medicina, sconfiggeranno il male e potranno così guarire.

Le persone che hanno acquisito la lezione, hanno imparato anche a lasciare andare il passato e a vivere nel presente, e nella gioia! Hanno compreso come trasformare la propria rabbia in amore; un compito importantissimo che ognuno di noi dovrebbe mettere in pratica.

La scienza considera che l'auto-guarigione sia possibile e lo penso anch'io; questo è anche affermato dai grandi *Maestri Spirituali*.

Tutte le nostre vite, da secoli, fanno parte del nostro passato! Siamo qui sulla terra per evolverci; la nostra anima sceglie di reincarnarsi per progredire e, insieme con gli *Esseri di Luce*, decide per il meglio: dove nascere, in relazione ai genitori biologici, al sesso, allo stato sociale, alla religione e cosi via.

Scegliamo noi dove e come guarire dai nostri vecchi schemi, dai pensieri negativi per poter, al meglio, fare il passo successivo necessario per andare avanti nella scala evolutiva dell'anima, imparando così le lezioni e compiendo la nostra missione!

Sono tutte queste esperienze che ci hanno portato a dove siamo adesso.

Ma se abbiamo scelto di imparare il perdono in questa vita, come possiamo darlo se nessuno ci ha mai fatto del male? E se realmente abbiamo scelto noi le nostre difficoltà, perché non siamo abbastanza forti da superarle? Le abbiamo forse scelte perché siamo anche in grado di affrontare con successo le contrarietà? altrimenti perché avremmo deciso per quelle? Ma è anche vero che tutto diventa facile se ci convinciamo a liberarci del nostro Ego rinunciando, in pratica, ad una delle parti peggiori di noi stessi.

Possiamo essere fieri di noi stessi se fino ad ora abbiamo avuto una vita molto difficile; è perché stiamo lavorando per i molti debiti, e abbiamo scelto l'alta evoluzione! Molti di noi hanno chiesto di finire la propria storia karmica in questa vita! Accettare le proprie delusioni è come saldare i conti dai quali non possiamo scappare. E' questa consapevolezza che ci aiuta a perdonare più facilmente gli altri. Smettere di cercare di controllare tutto e abbandonarci al flusso della vera vita questo è il vero segreto!

É ora di lasciarsi dietro le spalle tutte queste vecchie abitudini; non servono più. Sta a noi scegliere se voler tornare e ritornare ancora sulla Terra fino a quando non avremo imparato la nostra lezione: cioè finché non saremo convinti a mettere da parte il nostro Ego, rimanendo però sempre nel libero arbitrio!

Facciamo un esempio: mettiamo, in una nostra vita precedente, di aver rubato tanti soldi, ingannato e sposato persone fingendo l'amore solo per interessi personali, di aver trattato male chi ci stava vicino, maltrattato animali, o cose ancor peggiori. Alla fine di tutto ciò non avremo fatto del male solo agli altri ma, molto e soprattutto, a noi stessi. Alcune persone pensano di essere molto furbe solo perché nessuno le ha mai sorprese nelle loro situazioni poco oneste! Ma ricordiamoci quanto fino a qui detto e che mi è stato comunicato nientemeno che da un *Maestro Asceso*: «*Noi da "Su" vediamo tutto! Vediamo tutto quello che fai, e ho visto e sentito che mi hai ringraziato!*» "Loro" sanno tutto, ma proprio tutto su di noi, conoscono anche il percorso delle nostre vite precedenti. Possiamo essere certi che quello che facciamo agli altri ci verrà restituito! Sia nel bene che nel male! Dunque se abbiamo fatto i furbi nelle nostre vite precedenti, può essere che la nostra anima decida di sperimentare in questa vita cosa significa essere trattato male, e come ci si senta quando si viene derubati di tutto.

Non possiamo sottrarci a questa legge cosmica!

Se cerchiamo su Google il significato di karma avremo: *[...il frutto delle azioni compiute da ogni vivente, in quanto determina una diversa rinascita nella gerarchia degli esseri e un diverso destino nel corso della susseguente vita.]* In pratica ognuno è responsabile delle proprie azioni, e queste hanno sempre delle conseguenze: anche i pensieri che avete verso qualcuno hanno delle conseguenze. Nella vita futura dovremmo rimediare con i fatti, verso coloro i quali abbiamo fatto del male, e provare invece apprezzamento per le persone che ci hanno aiutato. Questo è *"karma"*. Ed è proprio cosi, credetemi!

A questo punto è tutto chiaro: se qualcuno ci sta facendo dei torti ci sta solamente aiutando a riscattarci da un vecchio karma negativo.

Quindi non prendetevela, non reagite con rabbia e non giudicate coloro che vi fanno del male: questa è la cosa migliore da fare. Certo non è facile patire dolori e accettare lo stato delle cose. La cosa più giusta è inviare dal cuore Luce e amore e perché no anche una benedizione. Questo è l'unico modo che abbiamo per eliminare un karma negativo ed imparare così una volta per tutte la lezione entrando così in una frequenza più elevata di coscienza.

Ancora una volta quindi si parla di libero arbitrio in tutte le cose; la scelta di imparare le lezioni è infatti tutta nostra. Per cui se arrivano certe situazioni sul nostro cammino possiamo scegliere se disperarsi o cercare una soluzione, reagire con rabbia o amore, riavvolgere il passato o lasciarselo alle spalle, giudicare e lamentarsi continuamente di tutto e tutti, dando la colpa agli altri, o guardare prima dentro noi stessi. dobbiamo essere consapevoli del fatto che quando le cose cambiano dentro di noi, le cose cambiano intorno a noi! La Terra è come una scuola: se vogliamo accedere in seconda classe, dove si fanno le moltiplicazioni, dobbiamo prima imparare le tabelline in prima elementare oppure scegliere se ripetere l'anno finché non le abbiamo imparate.

Proprio così, imparare le nostre lezioni sulla terra, a noi la scelta! Di nuovo il libero arbitrio.

Perdonare, mandare Luce e amore, non significa essere succubi di qualcuno, lasciarci rinchiudere in una casa, lasciarci sottomettere, o lasciarsi picchiare senza reagire, assolutamente non deve succedere! È invece nostro diritto vivere una vita felice, dove e con chi vogliamo, liberi di scegliere di stare in un ambiente con più positività.
Il vero perdono proviene dal cuore, soprattutto se prima sono successe situazioni molto difficili e per

lungo tempo; perdonare non è una cosa che si impara in un giorno ma avviene gradualmente grazie al lavoro che facciamo su noi stessi e anche chiedendo aiuto agli *Esseri di Luce*. Possiamo far tagliare e bruciare tutti i Lacci Karmici e anche chiedere trattamenti energetici a un guaritore spirituale per togliere i nostri *"blocchi"* per far sì di accelerare il nostro processo di guarigione. Durante i miei corsi insegno come guarire e come fare a perdonare chiedendo aiuto agli *Esseri di Luce*.

Dare il perdono significa augurare del bene a una persona allo stesso modo in cui auguriamo del bene ad un proprio caro.

Possiamo scoprire da soli se siamo riusciti a dare perdono dal cuore ad una specifica persona.

Ad esempio: avete lavorato molto su voi stessi per riuscire a perdonare un ex-partner; il vostro subconscio vi dice di averlo perdonato, di aver lasciato il passato dietro le spalle, di essere liberi da emozioni negative verso quella persona.

Ma capita un giorno, anche dopo un anno o più, che qualcuno vi parli del vostro ex-partner; sentite dentro di voi una sensazione poco piacevole. Cosa state provando in quel momento?

Se le vostre prime sensazioni sono sentimenti di rabbia, tristezza, o magari pensieri che confessano piacere nel sapere le difficoltà dell'altro, state provando in quel momento sensazioni negative e forme di pensiero inferiori della Luce, ciò significa che non state vivendo un amore incondizionato verso l'ex partner e che non avete dato un perdono veramente profondo. Potete solamente credere che il vostro subconscio si sia lasciato andare nel perdono, ma qualcosa in voi non è d'accordo e non è riuscito mai a perdonare veramente.
Nulla accade per caso nella vita!

La persona che vi ha parlato del vostro ex partner, potrebbere essere stata inviata dalle vostre *Guide Spirituali* che in quel momento hanno voluto aiutarvi a farvi capire dove c'è ancora da lavorare su voi stessi. Se pensate che questa persona si meriti esperienze negative, e ciò vi fa anche solo un pò di piacere, questo è un segnale che non avete perdonato dal profondo del cuore. Se in quel preciso istante pensate di lui: *"se lo merita"*, quella sensazione, che non proviene certo dall'amore, avrà già creato un nuovo karma negativo in voi stessi!
Non è solo il male fisico che facciamo agli altri che ritorna indietro, ma anche quello che auguriamo con i nostri pensieri ci verrà restituito, in un modo o nell'altro.

Tutto quello che pensiamo e che facciamo è un atto di coscienza: e la coscienza è forza vitale. Lo scopo dell'esistenza è fare esperienze, migliorarci, senza giudicare e guardare i difetti degli altri. Dobbiamo mantenere stabili il più possibile le frequenze della nostra coscienza.

Ma perché chiederci come sarà il nostro futuro? La risposta sarà semplicemente: *"il futuro dipende da come stai vibrando adesso!"*

Quindi a partire da adesso impegniamoci a perdonare, ad accettare quello che la vita offre e scegliere di vivere felici.

Voglio fare un altro esempio molto comune di cui tante persone hanno difficoltà anche solo a parlarne: il tradimento. Se un marito, una moglie, un compagno, o una compagna, hanno tradito è normale provare dolore, rabbia e delusione.

Anche se non è facile, si dovrebbe far parlare il cuore: il vero amore è dare la libertà. Riuscire a dire al partner: *"se un'altra persona può farti più felice di me, sarò contento per la tua felicità"*. Dobbiamo essere felici per loro! Anche questo è vero perdono e una forma d'amore incondizionato.

Ciò non significa che si debba accettare di continuare a vivere a fianco di una persona che non ti considera più come l'altra metà. Dobbiamo però anche imparare ad amare noi stessi in prima persona, accettando solo quelle situazioni nelle quali ci si trovi bene in compagnia di chi riesce a farci vivere nella gioia e che sia un punto di riferimento per la propria evoluzione.

Ripeto ancora, ciò non significa che dobbiamo accettare l'invito o avere contatto fisico con colui che ha intenzione di invitarci a cena con l'obiettivo di avvelenarci!

Amare per prima cosa noi stessi non è una forma di egoismo!

Quando capita che durante la giornata una persona ci faccia del male, ci offenda o ci manchi di rispetto, la cosa migliore che possiamo fare non è quella di usare le stesse armi: ma cerchiamo di comprendere il perché delle sue azioni, infatti egli vibra di frequenze molto basse, per cui contrattaccare peggiorerebbe solamente le cose e non si risolverebbe nulla.

Prendiamo atto che questa persona vibri in quel momento nelle frequenze più basse; dobbiamo quindi prendere tempo, e pregare chiedendo aiuto a Gli *Esseri di Luce*.

Ascoltiamo le nostre intuizioni, che è la cosa migliore da fare in quel momento: possiamo decidere di allontanarci da costui prendendo tempo per riflettere o decidere di rimanere. Ma se la persona in questione rimane nel suo ego, è meglio per la nostra evoluzione allontanarci e mandare Luce e amore.

Accettare ciò vuol dire comprendere bene che anche questo individuo è qui sulla terra, come noi, con le proprie lezioni da imparare: non tocca a noi giudicare; fatto ciò potremo essere felici e orgogliosi di noi stessi. Uno, perché siamo rimasti connessi con il cuore e abbiamo imparato la lezione. Due perché siamo consapevoli che quella persona ci ha aiutato a sdebitare un karma negativo; dunque dobbiamo provare gratitudine per questo stato.

Più lezioni impariamo nella vita e più alta sarà la nostra evoluzione! Questi sono grandi regali che stiamo facendo a noi stessi!

Spesso mi viene chiesto: *«Ma se quella persona mi ha picchiata, cosa gli succederà? Cosa gli tornerà indietro?»* La risposta giusta è: *«Non dobbiamo rimanere nella dualità. Non è nostro compito preoccuparci dell'evoluzione degli altri, perché anche il nostro pensiero si trasformerà in "azione" e potrebbe ritorcersi contro di noi. Abbiamo così tanto da lavorare su noi stessi, che non possiamo usare il nostro tempo per preoccuparci degli altri!»*

Teniamo l'attenzione alta sulla nostra evoluzione. Al resto ci pensa la legge Cosmica. Può capitare che non ci troviamo più bene con qualcuno dopo anni di amicizia. Non dobbiamo avere paura o sentirci in colpa se vogliamo staccarci; viceversa la stessa cosa potrebbe succede all'altra persona. Nella vita terrena è normale: gli amici vanno e vengono, le nostre vite si sono incrociate per un motivo preciso nulla accade per caso. Il motivo del distacco potrebbe dipendere di quali frequenze in quel momento stiamo vibrando. Se aumentiamo la nostra consapevolezza non vibriamo più, ad esempio, sulle stesse frequenze, per cui è normale che altre persone, che vibrano su altre frequenze, non possano sentirsi più a loro agio con noi.

Questo è da leggere come un segnale positivo e quando ciò succede, incontriamo altre persone che vibrano sulle nostre nuove frequenze. Il simile attrae sempre il suo simile! *(Legge di risonanza)*.

Ma può capitare di essere noi quelli che non vengono più invitati a cena o a qualsiasi altro ritrovo; significa che non siamo più sulle stesse frequenze. Niente di male, per cui non dobbiamo preoccuparcene.

Al contrario, se non accettando un invito ci venissero chieste spiegazioni, usare la sincerità è sempre meglio che inventare delle scuse.

Non dobbiamo sentirci obbligati a giustificarci. Rispondere alle domande degli altri, può dare soddisfazione al loro ego. Non dobbiamo avere paura del giudizio altrui o quello che altri possono pensare di noi. Nemmeno noi, però dobbiamo permetterci di giudicare se non vogliamo essere giudicati. Siamo tutti uguali e siamo tutti qui sulla terra per evolverci, ma ognuno ha un suo programma e le proprie lezioni da imparare per crescere e per progredire.

Io non posso imparare le vostre lezioni, e voi non potete imparare le mie!

L'unica differenza è che qualcuno può avere l'anima più evoluta dell'altro; questo dipende solamente dal proprio ego, che trae origine dalla crescita spirituale maturata nelle vite precedenti.
Molte persone sono scettiche sul concetto di reincarnazione, questo dipende dai molti percorsi intrapresi in passato, nonché dalla religione professata.

Lo scetticismo provoca i blocchi che inibiscono l'intuizione e rallentano l'evoluzione dell'anima impedendo la ricerca della verità. A chi vive questi problemi è giusto consigliare questo: cercate di scoprire la verità imparando a meditare, oppure fare l'ipnosi regressiva, per ricordare le vite precedenti.

Se qualcuno non è ancora pronto in questa vita, lo sarà in una prossima e arriverà la sorpresa quando, finalmente, faranno il loro *"passaggio"* e dovranno ricredersi, una volta entrati nell'altra dimensione, e capiranno!

L'importante è non giudicare nessuno.

La nostra anima, è nascosta ed in silenzio in attesa di essere liberata. Qualcuno si sente attirato dall'argomento della spiritualità, ma qualcosa lo blocca, qualcosa gli fa paura! Ma è proprio la nostra anima che ci fa provare ciò, è la nostra anima che ci fa diventare consepevoli. A questo punto sopraggiunge la paura ed il nostro ego si mette in mezzo! Finché questo accadrà ci sarà poca crescita e poca evoluzione. Il raggiungimento della pace, la guarigione dalle nostre emozioni negative dipendono dall'amore spirituale e dalla gioia che ne scaturisce.

A questo punto sorge spontanea una domanda: *"perché non ci ricordiamo delle nostre vite precedenti?"* La risposta è semplice: perché se ci ricordassimo tutte le nostre vite precedenti in una volta, sarebbe troppo doloroso per noi, e non sarebbe possibile accettare questa vita senza sentirci in colpa per il male e le cose terribili che potremmo aver fatto, o che potrebbero esserci state fatte.

Questi risulterebbero traumi troppo grandi e sarebbero di ostacolo per la progressione della nostra anima in questa vita. E' solo un bene non ricordare le drammatiche situazioni sperimentate in passato. La nostra anima, di base, è curiosa e vuole conoscere e sperimentare, nel corso delle vite, esperienze diverse. Alla fine, dopo molti cicli di alti e bassi, sia nel benessere, sia nel dolore, al termine delle lezioni, quando finalmente la scuola terminerà, scopriremo chi siamo veramente.

Quando si sente il bisogno di fare meditazione per ricordare qualcosa delle vite precedenti, vuol dire che si è pronti ad accogliere rivelazioni che possano servire per la nostra evoluzione.

Ad esempio: una persona che ha una terribile paura dell'acqua potrebbe guarire da questo trauma ricordando quanto successo magari in una delle vite precedenti.

Viceversa se capita che durante una meditazione, ci ricordiamo di una situazione difficile e dolorosa, possiamo subito staccarci e uscire dalla meditazione. Non dobbiamo forzare i ricordi.

Non è necessario ricordare le vite precedenti per evolversi, le esperienze traumatiche si possono eliminare in diversi modi tra i quali, ad esempio, tagliando e bruciando i *Lacci Karmici*. Oppure anche cambiare il karma da negativo a positivo.

Capita di frequente che molti bambini sotto i 7 anni si ricordino della loro vita precedente. Se avete dei figli che ne parlano e fanno riferimento ad essa, la cosa migliore che potrete fare è ascoltarli. Senza contraddirli! In questo modo non si creeranno *"blocchi"*; al contrario, questi si scioglieranno senza alcun trauma per loro.

I ruoli cambiano da una vita all'altra: i bambini in questa vita hanno il ruolo di nostri figli, in un altra vita precedente sarebbero potuti essere i nostri genitori, i nostri fratelli o sorelle, i nonni, o le zie e cosi via. E se dovessero esserci troppi litigi, questi potrebbero anche essere conflitti irrisolti nelle vite precedenti. Per cui è opportuno imparare le nostre lezioni in questa vita e tagliare e bruciare i nostri *Lacci Karmici*.

Anni fa mi chiedevo spesso come potessi aiutare al meglio i miei figli. Così chiesi alle mie *Guide Spirituali* e mi venne data questa risposta:

«Connettiti con il loro Sé Superiore: tu sai già come fare, e chiedi il risveglio Spirituale. Loro stessi noteranno i cambiamenti, questo è l'aiuto più grande che potrai dare loro. Dimostrare interesse per le cose che fanno parte della loro vita esprimendoti e dicendogli quello che vedi fatto bene o meno bene,

senza però fermarsi a parlarne troppo. Sappi che anche loro sono qui con le proprie lezioni da imparare e portare avanti la propria missione.»

Capii al tempo che non era possibile pretendere che i nostri figli facciano per forza quello che vogliamo noi.
Anche loro apprendono le loro lezioni di vita attraverso prove ed errori.

Quando i nostri figli sono piccoli noi genitori siamo responsabili della loro educazione e per come si sviluppa la loro vita. Mi riferisco a quello che li permettiamo di vedere alla televisione o al cinema, quello che leggono, le attività che praticano compreso lo sport ma anche i giochi e i videogiochi. Sappiamo molto bene quanto la loro mente sia fervida e capace di assorbire tutte le cose che vedono, sentono e leggono.
La nostra mente conscia corrisponde al dieci per cento delle nostre potenzialità e il restante novanta per cento è il nostro subconscio: è quest'ultimo che crea la nostra realtà, crea la cioè vita reale. Sono stata madre di quattro bambini piccoli e ho contribuito alla giusta formazione psicologica di essi, facendo prendere loro contatto con gli animali e la natura. Insegnarli, fin da piccoli, a fare meditazione credo sia molto importante.

Come noi abbiamo scelto i nostri genitori prima di nascere, cosi i nostri figli hanno scelto noi come i migliori genitori: noi abbiamo il compito di aiutarli in questa vita.

Come genitori non è sempre facile capire come comportarci al meglio nei confronti dei propri figli, sopratutto durante la loro crescita. Cambiano i tempi ma anche la nostra evoluzione e le situazioni e con esse cambia anche l'evoluzione dei nostri figli. L'autocontrollo e il rimanere sempre connesso con il nostro cuore è la cura più importante, anche nei momenti di disaccordo che si vengono a creare per certi loro comportamenti e scelte. Essere genitore è molto difficile; loro sono i nostri insegnanti, cosi come noi lo siamo per loro. Non è facile capire se sono o meno sulla strada del Divino, se stanno per lasciarsi andare a esperienze che rischiano di farli perdere. Ricordiamoci quanto scritto prima: noi non possiamo imparare le loro lezioni, e loro non possono imparare le nostre! La crescita dei nostri figli deve avvenire gradualmente.

Quando i figli sono più grandi e vogliono uscire di casa dopo una qualsiasi situazione negativa che si è venuta a creare in famiglia, lasciamoli andare senza sentirci in colpa. Altrimenti, a questi meccanismi eccessivi subentra la paura di perderli.

Non dobbiamo infatti compromettere la loro salute mentale, emotiva e fisica al fine di tollerare un membro della famiglia in quel momento dannoso e nocivo. Non pensiamo che questo sia un distacco definitivo. Ma non dobbiamo neanche lasciarci succhiare tutte le nostre energie, lasciamo la porta aperta per aiutare fin dove possiamo, rimanendo connessi col nostro cuore: questo sì possiamo farlo!

Provare gratitudine per il tutto: per le situazioni familiari che abbiamo, per i nostri figli, indipendentemente dalle relazioni che abbiamo in quel momento con loro; gratitudine per quello che possediamo, per la nostra casa, per il nostro corpo fisico, per la salute, per gli amici, e per il cibo.

Meglio non farci guidare dal nostro Ego: come brontolare per alcune situazioni piuttosto che cercare di risolverle, ripetere sempre gli errori del passato; rabbia, odio, gelosia, giudizio, menzogne, rapporti falsi, offese, critiche, paure, non può che nuocere alla nostra evoluzione.

Conta vivere nel presente, perché significa reagire, combattere, cambiare le cose che non vanno bene, nella consapevolozze di potercela fare.

Se concentriamo le nostre energie sul dolore, questo diviene ancora più grande, lo fortifica. Meglio abbandonare le emozioni negative e vivere nella gioia!

Liberarsi il più possibile dell'Ego, è il nostro scopo più grande sul cammino spirituale; più che rimaniamo dentro di esso, più basse saranno le nostre frequenze di vibrazione. Essere coscienti del nostro Ego in tutte le nostre attività quotidiane, è importante, per poi cambiare e poter reagire nell'amore. Non facciamo agli altri quello che non vorremmo venisse fatto a noi. Significa cambiare le nostre attuali condizioni in armonia, pace, crescita personale e spirituale.

Nello stesso tempo non dobbiamo permettere agli altri di abusare del nostro buon carattere. E' giusto stabilire chiaramente i confini tra il giusto o lo sbagliato, impedire che l'egoismo degli altri invada la nostra intimità, e che possa distruggere la nostra pace mentale.
I nostri pensieri verso gli altri dovrebbero essere pieni d'amore e ciò si potrebbe anche interpretare come: facciamo agli altri quello che vorremmo fosse fatto a noi.

Questo è il primo passo per superare il nostro egoismo. I nostri pensieri, le nostre parole e le nostre azioni di oggi prenderanno forma nelle nostre esperienze future. Possono passare giorni, mesi o anni, ma statene certi, che tutto quello che facciamo oggi, tornerà a noi in un'altra forma!

Di questo ho avuto conferma da un *Essere di Luce*, che un giorno mi disse: *"Il buono è ancora dappertutto"* In quel periodo lì, ancora io non ero in grado di *"vedere"*, ma mi face capire che noi possiamo scegliere fra l'oscurità e La Luce. Noi siamo nella dualità. Nel frattempo ho incontrato tante persone che hanno ancora il cuore al posto giusto.

E' proprio quando siamo liberi da ogni paura, che siamo liberi dal nostro Ego, in quei momenti sappiamo che siamo guidati dagli *Esseri di Luce*. Sentiamo la loro protezione, sentiamo di essere sempre nel posto giusto al momento giusto e che siamo sostenuti, mantenuti, nutriti, protetti, guariti e tutto questo indipendentemente da cosa pensino gli altri di noi. La nostra gioia, la contentezza, la felicità, la realizzazione personale e l'appagamento sono tutti dentro di noi, e sentiamo la voglia di trasmettere tutto ciò agli altri.

Quando la Luce dentro di noi si risveglia, questa non ha più bisogno di manifestarsi all'esterno con azioni materiali. Quando il cuore è tornato alla sua Purezza e la sua ferita è completamente guarita, siamo Pura Luce e Puro Amore, questo è ciò che compie una persona completamente risvegliata.

Ma prima di arrivare nelle vibrazioni più elevate, è fondamentale liberarci di tutti i pensieri negativi!

Ci sono stati anni nella mia vita in cui non capivo perché tutte le cose andavano storte, poi ho compreso che erano i miei pensieri negativi nei confronti degli altri a fare male a me stessa, a recare dolore, e anzi, non erano soltanto i miei pensieri, le mie emozioni di paura, ma anche le mie affermazioni negative che attiravano proprio le paure delle quali avevo più timore! E' così per tutti noi. Perché siamo noi a dare energia ai nostri pensieri anche a quelli negativi!

É un pò come dire a una persona: *"non pensare a un gatto marrone"*, secondo voi, a cosa penserà questa persona nel momento in cui lo dite? Proprio cosi, davanti ai suoi occhi e nei suoi pensieri ci sarà un gatto marrone.

La colpa delle nostre sfortune non è sempre imputabile agli altri, ma prima di tutto a noi stessi: se le cose cambieranno dentro di noi, le cose cambieranno intorno a noi.

Non esiste alcun modo per poter sfuggire a ciò che pensiamo, diciamo e facciamo. Nelle nostre vite in ogni momento, i nostri pensieri, le nostre parole, le nostre azioni, hanno un impatto fondamentale sulla nostra vita futura. Quindi, se vogliamo cambiare le nostre vite, dobbiamo cambiare i nostri pensieri: le parole e le azioni quindi che nascono proprio da essi.

Noi siamo energia e siamo trasmettitori di energia! Noi siamo una sorgente di energia. Abbiamo potere sulla nostra stessa vita. E ricordiamoci bene anche questo: se auguriamo male a qualcuno o abbiamo pensieri inferiori nella Luce, significa che non c'è amore; questa negatività ritornerà a noi.

La creazione positiva inizia e finisce ogni giorno con le affermazioni positive, insieme alle emozioni di pura gioia.

È utile avere sempre qualcosa con cui scrivere appunti sopra il nostro comodino, di fianco al letto, così da poter trascrivere subito i sogni che facciamo la notte prima di dimenticare. Perché gli *Esseri di Luce* possono dare informazioni durante i nostri sogni. Se sogniamo una buona notizia, troviamo gratitudine, se invece il sogno non è buono, possiamo subito cambiare l'energia negativa in positiva, per poi ritornare a dormire.

Io sono stata cresciuta in una famiglia molto cattolica. Sapete che quando ci si sposa per la chiesa, non bisognerebbe mai più separarsi; anche se io penso, che nella realtà, non debba essere per forza così. Durante i primi anni della mia vita difficile, come donna sposata, pregavo molto, sopratutto per salvare il mio matrimonio.

Ma più le cose peggioravano e più perdevo la fede. Ero così caduta in basso che vedevo tutto nero, e quasi tutte le sere ero a letto a piangere disperatamente. In quel periodo non vedevo nessuna uscita, mi sentivo proprio sola, non avendo nessuno, nessun aiuto, con 4 figli minorenni che amavo, non sapendo come fare e come dare loro da mangiare! Era freddo, senza riscaldamento! Avevo toccato il fondo, come è capitato e capita purtroppo a diverse persone.

Ripresi a pregare soltanto, quando rimasi forzatamente a letto per mesi, chiedendo una buona riuscita per un intervento, sapendo che i miei 4 figli avevano bisogno di me…

Anche dopo la mia separazione, provavo cosi tanto cattiveria e ingiustizia in modo esagerato, tanto che la preghiera e la fede erano a zero. Per questo mi sono molto stupita, quando, nel 2012, ricevetti la visita di un *Maestro Asceso*, che mi disse, tra le altre cose, di ricominciare a pregare. Non capii allora come facesse a sapere che io una volta pregavo.

Fin da quando ho chiesto alle mie *Guide Spirituali* se ci fossero altre informazioni o comunicazioni importanti per me, mi hanno sempre ripetuto diverse volte: *«Pregare, prega di più. Prega di più e medita»*. Poi alla domanda: *«Ma cosa significa pregare?*

Ci sono tante religioni, tante cose in giro, come devo pregare?» La risposta ricevuta è stata: *«Non ha importanza come!»* Capivo anche che non ha importanza dove ci si trova per pregare, ma essenziale è che la preghiera nasca spontanea: deve partire dal cuore e dobbiamo avere fede!

Tante persone pregano, ma poi non hanno fede. Nella mia esperienza di estasi ho compreso che siamo invece tutt'uno. Sarebbe forse un bene che tutte le religioni e tutte le persone comprendano che stanno parlando dello stesso, unico Dio! Ognuno certo ha una visione diversa e come spesso affermiamo: *Vivi e lascia vivere!* Sarebbe bene pregare con sincerità con i nostri cuori, con l'anima, con la nostre mente, per una vera illuminazione. Pregare e meditare tutti i giorni permettono gradualmente che avvenga una purificazione ed uno sviluppo interiore. Ciò porta nuova forza e nuove comprensioni che, a loro volta, portano a dei cambiamenti nei nostri sentimenti e nella nostra vita. Tutto ciò crea una profonda e forte connessione con l'amore che risiede dentro di noi. Possiamo tranquillamente pregare con semplici parole recitando al termine *«Grazie e così sia»*; è importante ringraziare, dopo aver pregato, provando gratitudine nel nostro cuore poiché la maniera corretta è credere ed accettare di aver già ricevuto quanto richiesto.

Ricordiamo ancora una volta: la preghiera deve partire dal cuore e dobbiamo avere fede!

Ma se la nostra mente dopo aver pregato, riprende la via delle vecchie abitudini e della negatività, allora dobbiamo ritornare alla preghiera.

Gli *Esseri di Luce* lavorano senza sosta dietro le quinte per aiutarci: dobbiamo aver fiducia in questo e rispettare i tempi Divini.

Così come abbiamo bisogno di bere acqua e mangiare per tenere in vita il nostro corpo fisico, così abbiamo bisogno di pregare e di meditare per tenere in vita i nostri corpi sottili: *Animico/Spirituale*.

Sarebbe bene concederci tutti i giorni un pò di tempo per meditare e pregare, cercando le risposte e la verità dentro di noi.

Una volta una mia *Guida Spirituale* mi disse: Per percepire e avere un contatto con il nostro cuore, e con l'amore che ci rappresenta, per percepire quanto siano ancora vive ed irrisolte dentro di noi le nostre ferite, serve silenzio interiore, per cui medita molto. Più che meditiamo, meglio è: solo così riusciremo ad avere col tempo la nostra mente libera. Durante la meditazione esiste solo il presente: il passato in quanto tale è già fuggito, ed il futuro deve ancora arrivare. Solo quando, per la prima volta, c'è assenza di pensiero nella nostra mente, si diventa consapevoli di noi stessi e dell'infinita gioia di esistere, e capiamo cosa siamo veramente: amore! La meditazione ci insegna che, solo quando riconosciamo che tutto è perfetto cosi come è, possiamo accettare i nostri limiti e scoprire la meraviglia di esistere.

Ci sono tanti mezzi che aiutano ad evolversi: internet, corsi, guarigioni spirituali, libri, meditazione, preghiera, contatti con persone che hanno un anima più evoluta ed ancora...Ma è anche vero che possiamo aver letto 1000 libri, aver seguito tanti corsi, aver ricevuto tante informazioni ma se prima non facciamo pratica su noi stessi, non avremo evoluzione. Studiare senza pratica è conoscenza non applicata!

Una buona cosa da fare anche tutte le sere è ricordare cosa è successo durante la nostra giornata. Diventare sempre più consapevoli di noi stessi capendo dove migliorare con chi non eravamo connessi con l'amore incondizionato, il modo in cui abbiamo reagito, pensato o le parole che in quel momento abbiamo detto.

La vita è un dono, e ogni giornata è meravigliosa da vivere, rimanendo in contatto continuo con la nostra sensibilità. Noi siamo amore.

Non siamo mai troppo giovani o troppo vecchi per la conoscere la felicità.

Quindi, a qualsiasi età è bello occuparsi del benessere della nostra anima, e sapere che non possiamo uscire dalla spirale del buio e tornare alla Luce se continueremo a ripetere gli stessi errori attraverso i nostri pensieri negativi.

Se noi siamo amore, noi siamo la sinfonia della vita. Cerchiamo di rimanere sempre connessi con la fonte, con l'amore incondizionato! Ma ciò deve provenire dal cuore. La felicita è la vera chiave della vita, ringraziando tutto ciò in silenzio dal profondo del cuore.

*ACCENDIAMO LA NOSTRA LUCE
INTERIORE
E
AIUTIAMO ANCHE GLI ALTRI
AD ACCENDERE LA LORO*

RINGRAZIAMENTI

Desidero dedicare questo libro a coloro ai quali vanno anche i miei ringraziamenti.

Devo premettere che non avrei mai pensato di fare questo libro se gli *Esseri di Luce* non fossero stati presenti nella mia vita in modo tanto tangibile e se non mi avessero guidata costantemente. Sono davvero grata per tutti gli insegnamenti e l'Amore che mi hanno dato, per la pazienza avuta con me quando ancora ero inconsapevole, per tutte le cose belle che mi sono state date, anche dopo avere sofferto tanto dolore nella mia vita.

Dunque, la mia più profonda ed immensa gratitudine va, innanzitutto a Gesù, il grande Maestro spirituale, per l'aiuto percepita e per avermi sempre protetta.

Ringrazio anche il *Maestro Asceso* venuto da me, nel 2012 e nel 2013, per le sue rivelazioni e i suoi suggerimenti, per tutti i segnali che mi diede e soprattutto per avere attivato nel mio cuore l'Energia dell'Amore Incondizionato. Grazie anche a tutti gli altri Maestri e *Angeli* che si sono mostrati a me al fine di aiutarmi e sostenermi, non solo nei momenti difficili ma durante tutto il mio cammino, e che ancora mi assistono; e tutte le mie *Guide Spirituali*, sia quelle che sono sempre state accanto a me, sia quelle che potranno assistermi in futuro; e chi ho omesso di ringraziare non avendo compreso l'aiuto ricevuto.

Poi, voglio esprimere la mia riconoscenza ai miei genitori: a mio padre, per il suo amore, la sua guida e per l'esperienza vissuta con lui dopo che ha lasciato questa dimensione terrena, e a mia madre, per me, la migliore al mondo.

Grazie anche ai miei figli : David, Michael, Francesco e Kelly, che sono tra i miei migliori insegnanti perché, da ciascuno di loro, ho imparato qualcosa: li amo tanto anche quando non lo dimostro abbastanza.

Naturalmente, desidero ringraziare una persona che ha avuto un ruolo fondamentale nella mia crescita spirituale nel corso di questo mio cammino terreno : Lieve Desaever , non da sola; tuttora mi sostiene nel compimento nella mia missione quaggiù.

Sono felice per le care anime che riponendo fiducia in me hanno fatto l'importante scelta di dedicare parte del loro tempo al loro arricchimento interiore e alla conoscenza, che hanno seguito i miei corsi e a quelli che lo seguiranno in futuro.

A tutti i lettori, grazie per avermi dedicato attenzione.

A tutti voi mando il mio amore e il mio sostegno per continuare il vostro viaggio, auspicando ancora una volta che ciascuno di voi riconosca e accenda la propria Luce interiore e possa essere d'aiuto nell'accendere quella degli altri.

INDICE

Katrien Cloet è nata in Belgio.

Ha conseguito il diploma di educatrice professionale e la laurea breve in Scienze della Famiglia.
Insegnante di yoga e di meditazione, è stata anche ufficialmente riconosciuta Guaritrice Spirituale e in questa qualità ha tenuto diversi corsi di formazione nel nord Italia.

Tra le esperienze spirituali dell'autrice si annoverano visite e dialoghi con Maestri Ascesi e Entità di Luce, comunicazione telepatica con le anime di persone trapassate e viaggi astrali.

Per maggiori informazioni corsi
e trattamenti energetici dell'autrice:

infokatriensuzannecloet@gmail.com

www.healing-grancanaria.com